Grâce...

Livre des heures poétiques

Grâce… Livre des heures poétiques est le deux cent trente-sixième ouvrage publié par les Éditions Bruno Doucey

Anthologie publiée à l'occasion du 26e Printemps des Poètes

Éditions Bruno Doucey
www.editions-brunodoucey.com

Partenariats :

/ Le Printemps des Poètes
Bibliothèque de l'Arsenal
1, rue de Sully
75004 Paris
www.printempsdespoetes.com

/ Association Espace Pandora
Agitateur poétique
8, place de la Paix
69200 Vénissieux
https://espacepandora.org

ISBN : 978-2-36229-464-8

Grâce...

Livre des heures poétiques

Anthologie établie par Thierry Renard
& Bruno Doucey

Éditions Bruno Doucey

Avant-propos

Par la grâce d'un mot...

G. Il y a d'abord cette majuscule qui bombe le torse, en majesté, comme pour signifier sa puissance, révéler sa Grandeur, rappeler qu'elle a quelque chose à voir avec la Gnose, la Gouvernance ou l'être suprême que l'on nomme God, Gad, Gud, Gott, selon les langues.

Ajoutez-lui la consonne r et vous entendrez le grincement du temps qui passe, le grognement des ventres et des peurs (Grrr...), la gravité des choses humaines, sans vous étonner de voir le terme *Grabuge* précéder la *Grâce* dans le dictionnaire.

Mais voilà qu'une voyelle au son clair, suivie d'une sifflante, ouvre le mot en son milieu à tous les vents du commencement : la grâce porte en elle quelque chose de l'ineffable et de l'alpha, de l'aleph et des alphabets par lesquels débute toute littérature. Et, preuve de son importance, cette lettre médiane est coiffée, chapeautée, surmontée d'une distinction typographique, comme naissent coiffés les êtres touchés par la grâce.

Assez joué avec les lettres !

En grec profane, c'est le mot *charis* (χαρις) qui désigne la grâce. Il évoque originellement ce qui brille, ce qui réjouit. « De là, nous dit l'article de Georges Casalis dans *l'Encyclopedia Universalis*, on passe aux trois significations classiques du mot :

a) le charme de la beauté, la joie, le plaisir ;

b) la faveur, la bienveillance, les égards, les marques de respect, la condescendance, le désir de plaire, la bonne grâce ;

c) la reconnaissance (rendre grâce, d'où : eucharistie), la récompense, la rémunération, le salaire, le cadeau (d'où : charisme, don matériel ou spirituel) reçu en vertu de la seule faveur du roi ou de la divinité. »

Les douze chapitres de cette anthologie ne font rien d'autre que déployer, en éventail, la richesse de sens d'un mot qui échappe à toute simplification. Un mot opaque, dont le temps, les usages de la langue, la littérature, la philosophie, les religions ont augmenté la concrétion, épaissi la structure moléculaire, superposant des couches de significations qui nous paraissent aujourd'hui fort éloignées les unes des autres. Un mot que nous avons décidé de prendre au mot, et que les poètes mettent dans tous ses états.

Pour les uns, l'accent circonflexe est un doigt pointé vers le ciel, tandis que d'autres ne croient qu'aux extases terrestres. Dans leurs différences, tous aspirent cependant aux bonnes grâces du lecteur.

Dans la mythologie, trois déesses accompagnaient Aphrodite dans sa quête de beauté, les trois Grâces. Nous, nous n'étions que deux pour bâtir un tel livre, mais une troisième main est venue étayer nos choix : l'enthousiasme.

Bruno Doucey & Thierry Renard

Le Printemps des Poètes
26e édition – 9-25 mars 2024

La grâce

Pour les 25 ans du Printemps des Poètes, quel emblème arrimer à la septième lettre de l'alphabet, dans l'écho de L'Ardeur, de La Beauté, du Courage, du Désir, de L'Éphémère ou des Frontières ?

Quel vocable de fière lignée, qui soit tout aussi déroutant, inspirant que vaste, à la fois doté d'un sens ascendant capable d'éveiller les voix hautes et valeureuses, mais lesté cependant d'injonctions brusquées, franches et quelques fois fatales ?

Ce sera donc *La Grâce*, avec son accent circonflexe qui hausse en un instant le ton. Autrement dit *La Grâce* dans tous ses états, du plus sublime à celui, brutal et définitif, qui foudroie sur le coup.

De grâce implorent à jamais les amants des tragédies, alors que Joachim du Bellay décèle chez Marguerite de France *cette grâce et douceur, et ce je ne sais quoi*… Ce « je ne sais quoi » qui ne cessera, siècle après siècle, de changer de registre, d'appeler à la transcendance ou à la dissonance, jusqu'à Michel Houellebecq, maître du contre-pied : *Dans l'abrutissement qui me tient lieu de grâce.*

Car la grâce n'est pas que divine ou bénie, pas que gracieuse, évanescente ou mièvre, pas que céleste et inexprimable.

Il y a bien sûr la *bonne* ou la *mauvaise grâce* rimbaldienne, la *grâce consolante* de Verlaine, la grâce charnelle d'Éros, la grâce d'union mystique, la *grâce du cœur et de l'esprit* de Max Jacob mort à Drancy, qu'a célébré Éluard. Il y a ce *chant de grâce pour l'attente, et pour l'aube plus noire au cœur des althæas*, qui chez Saint-John Perse, et ces fleurs de guimauve claires, amplifie à dessein le mystère.

Mais il y a surtout cet *état de grâce* de la parole, et du corps tout entier, que connaissent les poètes autant que les athlètes, les peintres ou les aventuriers.

Il est temps d'affûter nos âmes pour que la créativité, l'allégresse et la splendeur, comme on le disait des Trois Grâces de la mythologie, transcendent nos imaginaires et nos vies, quelles que soient les heures ténébreuses ou solaires.

Sophie Nauleau

1

Grâces enfantines

Pierre Seghers

Clairière

Nous avons tous vu d'étranges enfants
Qui dansaient de nuit aux forêts prochaines
Ils allaient sans bruit des sapins aux chênes
Et puis se cachaient dans des trous de sable.
En bas la prairie, c'était une mer
Silencieuse et eux, là, sans se connaître
Ils croisaient leurs routes et ne parlaient pas.
L'aiguille de pins, les glands, les brindilles,
Sous leurs pas légers ne murmuraient pas
Ils avaient leurs bras ballants et en vain
Ils auraient voulu les tendre, les tendre…
Ils aimaient leurs mains,
Et ils voulaient prendre
La clarté du ciel. Ils voyaient l'oiseau
Dormir sur sa branche,
Aussi l'écureuil dans le noisetier
Ils voyaient là-bas
Comme à la lisière
Mystérieusement des voiles danser
Et par la forêt toujours plus profonde
Et par les chemins du sommeil léger
Sans que rien n'eût dit leur présence vue
Seulement de ceux qui n'y étaient pas
Ils allaient chercher des regrets étranges
Que le jour tout nu soudain emportait.

Bonne-Espérance, Éditions de la Tour, 1938.

Ella Yevtouchenko

grenadier

je me demande qui tu es
celui ou celle qui veut advenir
et qui m'a choisie pour première demeure

un grain de grenade
imperceptible mais présent
comme les premiers pas du printemps
que l'on devine derrière la tempête de neige

tu me fais pleurer et aussitôt sourire
comme le vent glacial cède la place au soleil
en ce début du mois de mars

quelle joie de se sentir grenadier parvenu à maturité
et de faire croître ce grain qui contient déjà
feuilles racines tronc fleurs
et des milliers d'autres grenadiers

quelle fierté de devenir maison
pour la personne qui plus tard deviendra ma maison
pour le reste de ma vie

le soleil qui roule

j'ai vu un homme si vieux
qu'il ne savait même plus où il allait
il demandait qu'on le laisse descendre du bus dans les champs
comme s'il voulait s'enfoncer tout de suite dans la terre
son soleil roulait vers l'horizon
en trébuchant

et toi, tu n'as encore jamais trébuché
tes petits pieds n'ont jamais touché la terre
mais combien de pas ils ont déjà fait

piétine, mon fils, dans le ventre de la nuit
danse autant que tu le veux
l'aube n'est pas loin
la maison n'est pas loin

Poèmes inédits, traduits de l'ukrainien par l'autrice et Bruno Doucey.

Gioconda Belli

Maternité II

Mon corps,
comme une terre reconnaissante,
peu à peu s'étend.

Déjà les plaines de mon ventre
prennent la forme
d'une colline ronde et palpitante,
tandis qu'à l'intérieur,
qui sait par quel mystère
d'eau, de sang, et de silence
grandit comme un poing qui s'ouvre
l'enfant que tu as semé
au centre de ma fertilité.

in *Florilèges*, traduit de l'espagnol (Nicaragua)
par Michelle Dospital, Anama Ediciones, 2013.

Sophie Grenaud

l'enfance jette le monde

l'enfance jette le monde par la fenêtre
l'enfance attrape un nuage à sa fenêtre
le coupe en morceaux
petits très petits

l'enfance jette les mots dans le ruisseau
l'enfance court dans l'eau vive du jour
éclabousse la fenêtre
d'une aube matinale très matinale

l'enfance jette son corps dans le monde
l'enfance attrape l'aube
la tient au bord du ruisseau
dans un corps à corps de mots

l'enfance jette l'aube dans le jour

l'enfance joue à jouer
un matin à la fenêtre
au son du ruisseau
roulant ses mots sous les nuages
d'une aube qui lave le monde

comme chaque matin l'enfance

Poème inédit.

Christian Bobin

Habiter poétiquement un monde malheureux c'est très difficile, mais c'est faisable. Et c'est d'autant plus nécessaire que le monde se perd, s'abîme, se déchire. C'est d'autant plus nécessaire que s'ouvrent ici ou là des puits de lumière. Ce n'est pas l'apanage de ce qu'on appelle les artistes. C'est une mère qui remet l'ourlet du drap au bord du visage de son enfant endormi, et c'est comme si elle prenait soin de toute la voie étoilée. À la même seconde, le geste de cette mère se double. De la même main, elle couvre son enfant pour qu'il n'ait pas froid et apaise tout le noir qu'il y a entre les étoiles dans le ciel. Ce geste est tellement simple qu'il a des résonances infinies. Je crois que, au fond, c'est ça la poésie, c'est juste un art de la vie. Cette femme est poète à son propre insu. Il n'y a que les poètes qui prennent le monde au sérieux, ceux qui ont réputation d'être distraits, étourdis, de ne pas mesurer les choses, de ne pas en connaître la pesanteur. Ce sont eux, eux seuls, qui connaissent la pesanteur, le drame des choses et aussi ce qu'elles contiennent de lumière. Ce sont les seuls voyants et les seuls respirants dans ce monde. Je parle d'une petite tribu dispersée et qui n'est pas faite que de gens qui écrivent ou qui peignent, esthètes ou artistes. Il s'agit juste d'une manière humaine d'habiter le monde. Parce que dire habiter poétiquement le monde ou habiter humainement le monde, au fond, c'est la même chose.

Les bébés sont les grands sages. Le vrai savoir est dans leurs yeux. C'est comme des clous de poésie enfoncés dans un tout petit lit, un bébé. C'est comme un soleil qui serait tombé comme ça. Qui nous ferait la grâce d'être tombé juste devant nous et qui dormirait dans la pièce d'à côté. C'est le visage même de la sagesse qui n'est pas un visage de savoir. Je comprends qu'on ait représenté le Bouddha sous des formes toutes gélatineuses de bébé. Ils ont plusieurs vertus, ces gens qui ont très peu de jours. Une de leurs grandes vertus est de ne pas être aveuglés par un savoir. Ils regardent sans morale, sans philosophie, sans religion, sans une précaution. Il n'y a aucune distance entre leurs yeux et Dieu ou les anges. Ou les atomes de l'air si l'on ne croit pas en Dieu ou aux anges. Les bébés sont à une cloison de papier de riz de la vérité.

Katerina Apostolopoulou

Tu cries comme si tu miaulais et tu entres dans le monde
Tu arrives toute neuve
Toute chaude
Parfaite
Étonnée
Tu entres et le monde s'ouvre
Et tes yeux s'ouvrent
– Qui es-tu, fille ? Tu es si petite.
– Qui es-tu, monde ? Tu es si grand.
On te met dans mes bras
La lumière aveuglante du bloc opératoire
Devient soleil du midi au pays de l'enfance
Tu mets ta bouche sur mon sein
Avec la certitude de ceux
Qui connaissent le chemin
Moi
Je te suivrai.

Il pleut et nous marchons
Il pleut sur nous et nous marchons
Tu me regardes espiègle
Tu es une goutte blonde
Tes yeux pleurent de bonheur
Tu te détaches de moi
Tu ouvres les bras
Paumes vers le ciel
Et sous ton imperméable gris
Dans la splendeur de tes deux ans
Tu te mets à tourner à tourner à tourner
Comme la Terre
À tourner tourner tourner
Sur le parvis du Sacré-Cœur
Les touristes pressés s'immobilisent
Les taxis oublient leur destination
Le funiculaire maudit ses rails
Les appareils photos te volent
Et toi, ruisseau gris qui danses encore, tu t'enfonces dans mes bras
Et je ne sais ce que j'ai fait dans cette vie
Ou dans une autre –
Pour mériter ton miracle.

Poèmes inédits.

Orianne Papin

En ce temps-là
nous avions des chevaux
nous nous levions comme des soleils pressés
d'aller faire voler les blés à grand galop
de sauter les ruisseaux
d'écarter prudemment les branches
sur des plaines nouvelles

quand pas d'ennemis à l'horizon
nous laissions nos chevaux au repos
pour faire des étincelles
avec des secrets de silex

quelquefois bien sûr
c'était l'heure de la ville
nous devions accompagner aux courses
et nous suivions joyeusement
sur un seul point inflexibles :

trouver
avant d'entrer
où que nous soyons
un anneau au mur
pour accrocher nos montures.

Inévitablement
cette épreuve du feu
scindait en nos cœurs
l'humanité en deux camps :

les gens tristes
et ceux qui pouvaient voir
nos chevaux.

Marie Huot

Comme l'enfant de Sicile
nous avons besoin de papier et de vent
Juste cela
du papier et du vent

Le cerf-volant tu le lances
tu as sept ans et te voilà relié au jour

L'air est bleu
l'air est bleu dans les grandes plaines
il sent la fleur de câprier
le citron l'oranger

L'enfant court dans ses sandales de corde
et le volcan est sur son cœur
« cours mon enfant cours »

Sa route croise une pierre levée
avec une petite ceinture mystérieuse
et un visage tracé qui regarde au loin

Sa route croise les beaux lichens
le renard dans les ajoncs sauvages

L'air est bleu
l'air est bleu dans les grandes plaines
il sent la fleur de câprier
le citron l'oranger

Le cerf-volant tu le lances
tu as sept ans et te voilà relié au jour

Poème inédit.

Bruno Doucey

Petite fille bleue

Petite fille bleue
sais-tu que ton sourire
porte reflet
des eaux de l'Euphrate et du Tigre

qu'un oiseau chante
à l'aube
dans le citronnier de ta gorge

et qu'une caravane
trace des sillons de sable
sur tes joues

Petite fille bleue
tu n'es pas seule
à naître
chaque jour
dans le calendrier des terres incendiées

puisque naissent avec toi
les jardins suspendus
de la mémoire
et que le blé mûrit
depuis toujours
dans le ciel

il te suffit d'un mot
Petite fille bleue
pour que l'arbre
l'oiseau
la caravane
les fleuves
les jardins
le blé
et le sel qu'une larme
dépose dans la nuit
fassent cortège de ton visage

les mots de mon poème
ne prendront pas le large

ils sont là devant toi
visibles à peine
à peine nés

leurs pas de danse
sous les étoiles

Poème inédit sur un portrait d'enfant peint par Nathalie Novi.

2

Gestes gracieux

Claude Vigée

Les pas de l'oiseau dans la neige

Traces de sang, traces du temps : vers quelle nébuleuse
boitent les pas blessés de l'oiseau dans la neige ?
Sur la montagne obscure
deux étoiles filantes
s'enfoncent dans la nuit d'hiver retentissante.
Du côté du matin, déjà son cœur de braise
agonise et s'éteint.

Le rire du faucon fend l'espace inutile.
Que reste-t-il de lui quand le temps se retire ?
À peine une buée,
un souffle qui s'efface
sur le miroir gelé du sombre ciel d'exil.
Nul œil vivant ne peut suivre la trace
de la foudre qui meurt là-haut dans la nuée.

Et pourtant nous y danserons jusqu'à l'aube future,
joueurs de flûte au bec léger,
crânes d'oiseaux chanteurs en fête
aux frêles osselets dévastés par le vide :
un peu de cendre blanche, essaimant des étoiles
sur la langue muette.

Danser vers l'abîme, in *Mon heure sur la terre*, *Poésies complètes 1936-2008*, Galaade Éditions, 2008.

Hadassa Tal

Danse danse sinon nous sommes perdus

*

Hypnotique le mouvement
des mains
qui défont une écharpe
fait apparaître dans l'obscurité
une tête savonnée de lumière –

*

Un lac fondu ou bien un brouillard,
dans la prodigalité
de
l'eau
elle danse
l'immortalité
que le corps
réclame

*

On va faire danser les étoiles jusqu'au ciel
– viens on le fait –

*

Comment danse-t-on une voix de fin silence ?
Où lui trouver un écho ?

*

Tout doucement, c'est ce qu'il y a de plus rapide,
tu t'souviens ?
Danse comme si tu cueillais,
la musique ouvre un espace vide, vaste
cette nuit tu sembles la nuit même

Danse danse sinon nous sommes perdus,
traduit de l'hébreu par Eglal Errera,

Jean-Baptiste Cabaud

Pina

On dit qu'elle se tient debout
toujours
comme une qui se

qu'éteinte pourtant elle
oui
oui on le dit
qu'éteinte même, elle

Alors d'accord
pour elle
chantons

chantons chants pour elle
chants neufs
dans cet espace que pour nous elle a
dans cette élégance qu'elle nous a
ce là que pour nous elle
cela que pour nous elle
cela qui n'était qu'elle
ce elle dans un champ d'œillets

Nelkenfeld

Alors pour elle
oui
d'accord

dansons

dansons danses dansantes
pour elle
gemeinsam
ensemble
nous avec
et eux tous qu'elle
eux de partout tous qu'elle
là
dans ce là
cet ici qu'elle
ce nelkenfeld qu'elle avait

ce là ici où marchent les saisons
dans un champ d'œillet

Oui
dansons danses
und nelkenreihen wir

sonst
sonst, tu le sais bien
sind wir verloren, mon ami

sonst sind wir

Poème inédit.

Ludivine Joinnot

Blue Lady

à Carolyn Carlson

quatre décennies derrière les persiennes
et la verticalité d'une blue lady
Paris Venise Paris
elle s'élève – cimes et branches à l'équerre –
puis, court sa nuit
traces d'encre elle se déplace
dans cette joie ludique des figures et des pas
elle sait
qu'une larme peut rester dans l'air
qu'un ciel clair peut faire événement
elle s'accroche aux notes du vent
s'étire et se meut
légère en miracle
elle revient – fluidité des regards croisés –
et dialogue avec la matière du choc
elle s'inscrit dans la grâce des siècles
soubresaut des origines
elle allonge la main
et tout autour d'elle se transforme
insaisissable elle incarne
l'absolu du geste gracile
elle se déploie tel un paysage dans un élan de vie
elle s'empare de la lumière
robe jaune pour un vendredi 13
mouvement minimal

elle tourne et vient à moi quand tout me part
solide et fiable
elle me déplace puis, me réancre
elle danse
tandis que moi, je danse avec elle

Poème inédit.

Estelle Dumortier

Tu cherches une réconciliation
Tu recopies des phrases
Des gestes.

Une odeur partout
Il va pleuvoir
Tu rentres les balles de foin
Alignes les inquiétudes
Les respirations incassables
Les mains travailleuses.

Se taire parfois suffit
Ce que tu n'osais pas
Ouvrir un nouvel acte
Où déposer le ciel
Garder les os au secret.

Maintenant tu regardes
Ta peau est un vitrail
Tu croyais résoudre les silences
Tourner la clef dans la serrure.

Tu ramasses des épingles
Tu grandis
Migres parmi les forces que tu consoles.

Poème inédit.

Claude Gobet

Soir de fête
(chanson)

Soir de fête au village, les amants et les fous
Et les jolies demoiselles sont tous au rendez-vous.
Ronde agile des tambours sur la peau du tempo
Quand s'enlace la nuit au feu des braseros.

Pas fatigué de vivre, pas fatigué d'aimer
Et dans la ronde libre tournons voilà l'été.

Sur la terre battue, caressant les étoiles,
Danse un prince aux pieds nus sous la lune et ses voiles.
Étrange étrangeté ce jeune homme qui ressemble
À celui que j'étais à vraiment s'y méprendre.

Temps si triste et féroce laisse ici la colère,
Bois ton vin camarade, amuse-toi mon frère.
Ce soir c'est fête au village, les amants et les fous
Et les jolies demoiselles sont tous au rendez-vous.

Pas fatigué de vivre, pas fatigué d'aimer
Et dans la ronde libre, mon fils voilà l'été.

Poème inédit.

Dominique Sorrente

Le jour éventuel

Et si ce n'était pas crier,
pas crier encore,
mais travailler délicatement jusqu'à l'os.

Si ça claquait
en battement d'ailes
à former un ciel inconnu tout autour,
halo qui se résorbe.

Si un mot acrobate
se dressait sur ta bouche nue
pour lui apprendre un nouveau numéro
et s'arrêtait une fraction de seconde,

tout serait là
presque en suspens,

il n'y aurait rien à ajouter
au verbiage des siècles,
rien à pousser, corps fatigués devant les portes.

On mettrait une fenêtre en tête de liste,
un oreiller à boire,
les antiques résolutions bien calées
dans le vaisselier en bois de merisier.

On existerait soudain pleinement même en voix enrouée.

Ce serait l'heure sans passerelle.

Avec pour faire sourire un tabouret
qui tombe
et puis s'envole
sous le soleil.

Poème inédit.

Christophe La Posta

De combien de faux pas
De contretemps
S'ouvrent tes blessures
Suis-je le même que tous les autres

J'avais cru du bout des doigts
Trouver la courbe
Dessiner le mouvement
J'avais cru le geste ample
Simple et juste
Comme on invite en espace partagé
Mais je prends toute la place
Je ne sais plus danser avec toi

De combien de faux pas
De contretemps
Te sens-tu bousculée
Suis-je moi aussi inapproprié

J'avais laissé ton corps
S'habiller d'air et de soutien
D'un bras se sentir
Et de l'autre s'envoler
Ensemble s'appuyer sur nos musiques intimes
J'avais pris ton souffle pour le mien
Fixé sur ta poitrine
Pour mieux suivre ta cadence
Je ne sais plus danser avec toi

De combien de faux pas
De contretemps
Veux-tu t'éloigner
Ne suis-je debout que sur tes pieds

J'avais entendu chaque silence
Et tout ce qui s'imprègne autour
En déplacements limités
Doucement descendre
Encore plus doucement remonter
Slow
J'avais compté les distances
Évité les intrusions
De vagues en vagues et ce qui rapproche
Moi je bouscule
Je ne sais plus danser avec toi

De combien de faux pas
De contretemps
Trembles-tu plutôt que de frissonner
Suis-je trop mâle taillé

J'avais glissé de parquets en sols abrasifs
Pour être là où tournent les étoiles de tes jambes
Je n'ai jamais été cavalier
Guidé par tes vertiges et turbulences
J'avais glissé un œil sous les lumières
Là où se cachent les plaisirs, les faims
Les couples serrés en rythme
J'avais glissé l'absence de vide
Entre nos deux peaux balancées
Tanguées

Mais j'ai dû manquer la mesure
Je ne sais plus danser avec toi

De combien de faux pas
De contretemps
De combien veux-tu me garder à l'écart
Suis-je la souffrance de trop

Poème inédit.

Corinne Hoex

Les tulipes, je les aime d'amour.
Leur manière de bouger. Se déhancher. Frémir.
Leur respiration.
Leur grâce.

Je les entends dans la pièce.
Elles bougent. Elles boivent.
Pressées de vivre malgré leurs pieds coupés.

– C'est pour offrir ?
– Non, pour moi !
Une botte de tulipes rouges.
Une de ces bottes serrées dans le seau en zinc à l'entrée de l'épicerie.
La marchande l'enveloppe dans une page de journal.
Le bouquet sous le bras, j'ouvre mon porte-monnaie.
Je sens contre moi la fraîcheur humide.

J'ai un vase qui convient parfaitement aux tulipes. Étroit et haut.
Les têtes dépassent à peine.
Pas pour longtemps.
Car déjà elles s'étirent, interrogent l'espace, allongent le cou,
redressent la tête.
Elles préparent leur danse.

Car les tulipes dansent.
Les pieds dans l'eau, elles dansent.
Les pieds coupés, elles dansent.
Sans racines, elles dansent.

Poème inédit.

3

Extases bucoliques

Yannis Ritsos

Oranges et citronniers
oranges sauvages, parfums,
grâce blanche dans la lune
et le rythme de la danse
du vent.

Le rivage est plein d'étoiles
ton tablier est comblé de fleurs.

Un chant s'est levé, plus tard
il s'est assis seul sur les rochers
a transformé les étoiles
en épis. Et puis plus rien.

Les jeux du ciel et de l'eau, traduit du grec par Faber Fabbris,

Michel Ménaché

Nature en grâce

Oliviers et figuiers
amandiers et noyers
grâce vous soit rendue
cerisiers et pêchers
arbres de vie arbres de joie
orangers manguiers et grenadiers
vos fruits exaspèrent nos soifs
font plus désirables nos vies

acacias ormes bouleaux et magnolias
eucalyptus palmiers micocouliers
toutes feuilles frémissant
dans le concert des vents
grâce vous soit rendue

forêts préservées forêts enchantées
l'harmonie monte des profondeurs
quand sur un ciel d'azur
vos frondaisons cisèlent
un poème d'oiseaux
pour fêter le printemps
quand dans un ciel de brume
vos branches dénudées se couvrent
d'un poème de neige
pour apaiser l'hiver

arbres de vie arbres de joie
grâce vous soit rendue
de donner tous les fruits
toutes les sèves de la terre
pour le bonheur précaire
de connaître au gré des saisons
sucs saveurs et senteurs
grâce unique et multiple
d'être au monde…

Poème inédit.

Jany Cotteron

Par la grâce du ciel
sa lumière bleue ses nuages
ses pluies douces ou rageuses
l'or des éclairs et du soleil

Par la grâce de la mer
ses tempêtes le calme de ses eaux
la blanche écume des vagues
qui déferlent sur le sable

Par la grâce des montagnes
leurs failles leurs arêtes
la pierre douce sous les doigts
et les passages inconnus

Par la trace des forêts
le temps gravé sur l'écorce
la sève vive qui nourrit les feuilles
le langage des oiseaux et du vent

Je célèbre la vie

Poème inédit.

Hubert Haddad

C'était par un matin de neige
l'ange volait dans un glacier
son corps devint transparent
bientôt s'ouvrit un chemin d'étoiles

beauté aux lèvres du néant
mort (mot sans air)

nulle empreinte dans le fleuve
du moi papillonnant
ne reste que poudre d'aile

l'adieu n'est qu'un brouillard
qui s'épaissit ton sur ton

on vieillit de chaque saison nommée
et la neige aura toujours le dessus

mille dieux me contemplent
je suis le vide qui leur manque

L'êcre et l'écrit, Éditions Jean-Michel Place,
Les nouvelles éditions, 2016.

Bruno Geneste

De la grâce

fluide
feu des disgrâces

tunnel
en approche
de l'obscur

ce mouvoir
dompter
le jour alangui

du miroir de la rivière
cette grâce
emportée

ce fléchissement
sur l'étendue

de la lumière
d'éclat
du point sublime

du promontoire du ciel
ajouré près
pour l'envol

sous les nuées
l'erg si pur
des profondeurs

brume soluble
présences
diluées

jusqu'à
l'effacement
du flux

glissements du vent
sur les collines
de sable

ce souffle
du silence de l'île
sur les granits

nudité froide
des incantations
ivres
lointain
dévalements
de l'oiseau

des résolutions
au creuset du sel
de la tour sémaphorique

halo si percutant
des infinités de l'eau
de lune

d'un train disparu
dans l'orbe
crépusculaire des voies
humides.

Poème inédit.

Sofia Queiros

Papier roseau

Entre la maison de naissance
et la maison du vivre

entre les murs blindés et les murs papier

nous vagabondons
dans une roselière

entre eau et terre

Libellules au sortir du jour

Poème inédit.

Agathe Rivals

sur le mur
à l'opposé de la fenêtre
découpant son rectangle d'ombre
c'est une vision fugitive et gracile
sur le relief des pierres qui affleurent
se joue soudain une scène assez saisissante
sur le relief irrégulier de ces îles de pierre
se dessine une forme mouvante aux lignes souples
sur le relief plus clair que le mur couleur terre
le fluide et l'ondoyant projettent leur silhouette
sur le grain, le rugueux des pierres à fleur de mur
l'ombre du vent d'une plante simple fait son théâtre
discrètement, tout doucement, délicate, elle oscille
avec grâce elle balance une trace ombreuse et svelte
et la caresse ovale de sa dentelle en feuilles fines
spectacle frémissant surgi sur le mur ocre et clair
ses soubresauts en suspension ravissent le silence
de légers soupirs où le printemps s'inspire large
alors le vent, ce facétieux, joue à pousse-nuage
à cache-cache-soleil et à soudain tombe rideau
se dérobe à l'instant la merveille éphémère

Les Saisons & les Heures, BHV, 2018.

Hélène Dorion

On dirait une silhouette mystérieuse
où glissent des rivières
et s'élancent les rêves

puis le jour recommence
l'arbre jette l'ancre
dans le jardin de tes pas

il tend les cordes de l'univers
où les âmes jamais ne fanent

aux confins du silence
le ciel brûle
– arbre de grâce et de beauté
arbre de solitude et de questions –
les branches qu'il recueille
s'inclinent comme des archets

tu écoutes le chant des racines
tu deviens la sève
un filet de clarté
le vent qui traverse le tronc

c'est le temps   dis-tu
cette fenêtre opaque
qui raconte le voyage

un poème avance sur la tige
vole parfois
sur les traces de l'oiseau

l'arbre n'a d'âge
que celui des saisons

4

De bonne ou de mauvaise grâce

Georges Brassens

La non-demande en mariage

Ma mie, de grâce, ne mettons
Pas sous la gorge à Cupidon
Sa propre flèche
Tant d'amoureux l'ont essayé
Qui, de leur bonheur, ont payé
Ce sacrilège

J'ai l'honneur de ne pas te demander ta main
Ne gravons pas nos noms au bas d'un parchemin

Laissons le champ libre à l'oiseau
Nous serons tous les deux prisonniers sur parole
Au diable les maîtresses queux
Qui attachent les cœurs aux queues
Des casseroles

J'ai l'honneur de ne pas te demander ta main
Ne gravons pas nos noms au bas d'un parchemin

Vénus se fait vielle souvent
Elle perd son latin devant
La lèchefrite
À aucun prix, moi je ne veux
Effeuiller dans le pot-au-feu

La marguerite

J'ai l'honneur de ne pas te demander ta main
Ne gravons pas nos noms au bas d'un parchemin

On leur ôte bien des attraits
En dévoilant trop les secrets
De Mélusine
L'encre des billets doux pâlit
Vite entre les feuillets des livres de cuisine

J'ai l'honneur de ne pas te demander ta main
Ne gravons pas nos noms au bas d'un parchemin

Il peut sembler de tout repos
De mettre à l'ombre, au fond d'un pot
De confiture
La jolie pomme défendue
Mais elle est cuite, elle a perdu
Son goût nature

J'ai l'honneur de ne pas te demander ta main
Ne gravons pas nos noms au bas d'un parchemin

De servante n'ai pas besoin
Et du ménage et de ses soins
Je te dispense
Qu'en éternelle fiancée
À la dame de mes pensées
Toujours je pense

J'ai l'honneur de ne pas te demander ta main
Ne gravons pas nos noms au bas d'un parchemin

Paroles et musique : Georges Brassens

Laura Lutard

Ici il n'y a pas d'ombre
Nous sommes au centre du monde

Le soleil est droit
Comme des jambes
Et entre les lèvres des hémisphères
La peau brûle verticale

J'ai trente ans
Mes parents sont morts

Je ne me sens pas jeune

Au bord du bord, © Éditions Bruno Doucey, 2022.

Marie Pavlenko

Petite sœur
tu baisses la tête
au pays des hommes tout-puissants
tu ne me connais pas
mais je te vois
petite sœur
tu t'agenouilles et me bannis
je t'abandonne au sort à la force aveugle
la honte est une lourde couronne
qui pèse sur mon cou de girafe

je regarde le ciel
il nous abrite toutes deux
je pense à toi petite sœur
ton sang brille comme le mien
et quand il aura rejoint
l'herbe le sable l'eau
parce que tu n'as pas assez courbé la tête
un peu de beauté s'évanouira
un peu de moi disparaîtra
un peu de chacun mourra

Samantha Barendson

Dans ma tête   dans ma tête

il y a toujours   du bruit
du mouvement
des idées
ce n'est jamais calme

Aussi, il m'arrive de ne pas entendre
ce que me disent les gens
les conversations
les questions
les réunions

Je suis dans ma tête   dans ma tête
pleine   de bruits
de mouvements
d'idées

Dans ma tête   dans ma tête
en conversation avec moi-même
jamais seule   jamais vraiment là

Les poèmes bousculent les listes de choses à faire bousculent les dates anniversaires bousculent les *tu n'oublieras pas de…* bousculent les rendez-vous bousculent les bonnes idées pour un nouveau poème bousculent les courses à faire bousculent les devoirs des enfants bousculent les divisions les soustractions bousculent les *merde j'ai perdu mon poème* bousculent les *tu ne sais pas la dernière ?* bousculent les *en réalité j'm'en fous* bousculent les *où est mon poème ?*

Jusqu'au jour où
        assise au bord de l'herbe

        un coquelicot

(silence)

fragile
calme
apaisant

(silence)

Le silence, enfin
et son poème

Poème inédit.

Nawel Ben Kraïem

La violence en soi

Tu ne vas pas te punir
De la violence qui est en toi
C'est déjà assez lourd comme ça
De songer à tes errances
À la façon dont tes ombres
Collent à ta joie et à ta danse
C'est déjà assez sourd comme ça
De songer à tes enfances
Et à la façon dont ses membres
Écrivent une autre sentence
Tu ne vas pas te punir
De haïr les mauvais silences
À moins d'abandonner
Tes mains tes jambes et tous tes sens
C'est peut-être comme ça qu'ils font
Pour supporter les turbulences
Se couper de tous leurs membres
Et puis danser au bal masqué
Je ne veux plus me punir
De ne pas savoir mentir
Ni me tenir ni retenir
Je ne sais que tenir la main
De ceux qui savent sentir sentir
L'émotion et le frisson
Qui parcourent les abandons
Et sombrer vers l'abondance

Sans avoir peur de la violence
Qui ronfle en soi comme une latence

Le corps don, © Éditions Bruno Doucey, 2024.

Ariane Lefauconnier

les gens sont fatigués
les gens prennent des trains ils sont avec moi dans le même train
nous n'allons pas au même endroit
les gens me disent pardon le coude dans l'épaule pardon
la valise enfoncée dans les genoux pardon
on sort on sort puis c'est le quai du métro ‹ *your attention please* ›
je voudrais que la voix raconte une blague en trois langues
je regarde le visage des gens je voudrais que le visage des gens
se torde se détende s'amollisse se mette à fondre
dans un grand éclat de rire ou de larmes
mais les gens ne sont pas heureux pas tristes les gens
sont fatigués les gens ont les mains crispées sur leurs bagages
les gens ne se souviennent pas que ces mains un jour
ont caressé une vache dans une campagne très lointaine
(depuis sur le champ on a construit trois petits immeubles)
les gens ne veulent pas se souvenir de la caresse
ni de la vache ça leur ferait trop de peine je sais
moi aussi parfois je m'endors la tête contre la vitre et je rêve
aux vaches paisibles à la forêt de paimpont à l'odeur des madeleines
mais rien de tout cela n'existe bien sûr
l'enfance aussi était une grande fatigue indolore
les gens le savent les gens passent des années à s'enfuir
de leur enfance pleine de vaches de rivières de vesses-de-loup
sinon pourquoi   pourquoi donc
prendraient-ils
sans cesse
tant de trains ?

Poème inédit.

Maud Thiria

en disgrâce

regard baissé échine courbée
se baisser *encore un peu plus*
bas
rabaissée vers l'ourlet
d'une robe fleurie fanée
tombant *encore un peu plus*
bas
devant l'invité du soir
à attendre le verdict
de mère en fille en mère
dictature familiale en lignée
la révérence la danse la bienséance
et tu sais qu'à ce jeu tu y perdras ton âme
d'enfant sauvage qui boit la pluie
sous les nuages
mais ici on vous apprend
la grâce d'être fille
comme on apprend aussi
le silence

*

regard droit corps raidi
cheveux noués
rien ne dépasse que
la baguette qui frappe le sol le dos
si jamais on flanche

rester droite
tutu rose pâle dans le jour sombrant
tu tu bégaies
tourtournoies frénétique parmi les immobiles
tu tu brûlante dans la glace
te mordant la lèvre jusqu'au goût amer
d'un toi ranimé
chaussons rose perlé cachant
pieds rougis dans l'escalope
sang de toi dans sang de bête
garder le cap la position
tenir la barre sciure de bois plein le nez
ça pique les yeux partout
mais on t'a dit d'être ce
rose bonbon bouffant sous le tulle
quand coule ta sauvagerie
tu aboies ton supplice crèves la bulle
où l'on t'a mise parmi les immobiles
gracieuses silencieuses à en mourir

*

regard flou sidéré
ce jour en trop
mal barré
tu as su sous des suées de peur que
rester terrée se taire n'étaient pas tes alliés
tu as repris courbure et dépassé la ligne
plus de marge qu'une tangente
à travers les carreaux bien rangés
d'une page écrite d'avance
cheveux défaits toujours trop longs

ce trop qu'on coupe à tour de bras
bête sauvage dans la nuit
aux murmures de l'aube
tu as quitté le bas le sol la barre
petit rat fuyant le navire
préférant le radeau la dérive
quitte à flancher libre
en disgrâce dans la distance

Poème inédit.

Garous Abdolmalekian

Brûlure dans la poitrine
Brûlure dans la bouche
Brûlure sur le front
Et ton nom
Si brûlant
Impossible de le tenir entre les mains
Il faut l'écrire sur une feuille, une pierre, une tombe
Dans ton nom
Il y a tant de rues
Tant de minuits
Tant de flammes

Ton nom
Une lettre que tu as écrite à la révolution
Ton nom
Contient tant de noms !
Tant de pierres qu'on lance
Ton nom
Une phrase écrite sur tant de feuilles
Des feuilles
Il en faut des feuilles
Des cahiers
Il en faut des cahiers
Il en faut des arbres

Ton nom
Un arbre debout dans la rue
Si on cueille le fruit
La lune tombe !

Ton nom résiste à la pierre
Il ne se détache pas, ne se détache pas
Et la pierre
Retrouve soudain son sens :
Un drap
Que tu écartes ce soir
Et tu vois
Oh ! des flammes
Rien que des flammes
Et tant de flammes dans les montagnes
Dans la nuit noire
Je me mets en route
Et je parcours
Les chemins ténébreux
Pour allumer un autre feu
Oublier mon âme mon corps
Te quitter pour venir à toi
Et pointer une lame dans ma gorge
Et regarder mon sang
Je parcours tout le chemin
Sans ma tête
Et je prends feu
Je prends
Feu
Même si vous éteignez tous les feux
La lune est un feu brillant sans lumière
Les dernières paroles de la vérité
Avant qu'elles ne tombent à terre
Je les ai écrites dans cette lumière :
Seul le sait
Celui qui reste seul avec toute sa force

Un poème qui se dit poème n’est pas un poème
S’il n’est pas un poing, un poing, un poing
S’il n’est pas une pierre, une pierre, une pierre
S’il n’est pas…

Si vous prenez nos pierres
Il nous restera nos têtes
À lancer contre vous !

Poème inédit, traduit du persan (Iran) par Farideh Rava.

De bonne grâce

Guillaume Apollinaire

La grâce exilée

Va-t'en va-t'en mon arc-en-ciel
Allez-vous-en couleurs charmantes
Cet exil t'est essentiel
Infante aux écharpes changeantes

Et l'arc-en-ciel est exilé
Puisqu'on exile qui l'irise
Mais un drapeau s'est envolé
Prendre ta place au vent de bise

Calligrammes, Mercure de France, 1918.

Yvon Le Men

Vivre l'instant comme une eau qui déborde

Pour Philippe, avec Chantal

La barque est rouge
l'eau bleue

aujourd'hui

Ce n'est pas une image
c'est un cadeau du ciel
à la mer

aujourd'hui

Les genêts sont à l'heure
les pommes se préparent sur les branches
à tomber

en jaune sur le vert de l'herbe

Je voudrais
que cet instant dure toujours

tu ne l'as pas dit
tu y as pensé

en y pensant

tu as failli briser le poème
qui s'écrivait entre les lignes

des nuages et des vagues

Tu as failli à l'instant
et au toujours

Port d'Erquy, printemps

Geneviève Metge

Le lever du jour

J'avais vingt ans
cette région m'était inconnue
d'emblée j'ai été conquise
d'emblée ce pays a été mon pays
d'emblée la courbure du Luberon
creusée de failles d'ombre
et la masse bleutée de la Sainte-Victoire
m'ont été familières
comme m'ont été proches
les chênes et les platanes
en bordure de chemin

À l'entrée du village
surplombant la route
la maison très ancienne
affirme sa présence

Je suis logée au dernier étage
et mon regard s'ouvre sur la plaine
au petit matin
quand le jour se lève
l'air est transparent
la lumière illumine les terres
l'œil erre
entre le vert argenté des oliviers
le vert vif et brillant des vignes
des arbres fruitiers

le vert intense des cyprès

Je les contemple longuement
les admire m'en imprègne
m'emplis avec ravissement
de ces instants
de grâce

Poème inédit.

Louise Dupré

tu dis *joies*
car tu ignores
comment nommer

les instants où ton cœur
cesse de cogner
contre tes côtes

ces instants de grâce

où une carapace te protège
des cris
que tu entends

c'est tout près
c'est partout
et chaque jour

cette détresse
impossible à soulager

ça déchire ton oreille
ça te tue
sans t'achever

et tu deviens une morte-vivante

contrainte à errer
parmi un enfer

de piétons

mais survivre
ne te suffit pas

tu désires nettoyer
tes doigts
de leur suie

écrire maigre
écrire pauvre

mais écrire
ce qui pourrait apparaître

dans le silence
du repos

*

La joie n'est pas un Éden, tu le sais maintenant, elle vient avec la disgrâce, comme la foi avec les flammes de l'enfer et les rides avec les années. Tu acceptes pourtant de montrer ton visage, tu as perdu l'habitude de te maquiller. À peine une humiliation, un pincement à la poitrine chaque fois que tu ranges ton orgueil dans les placards. Tu apprends à tout ranger, même les squelettes qui viennent te visiter la nuit, tu leur présentes un décor de plus en plus décharné. Mais tu continues à t'habiller, tu te soignes, tu tiens dur comme fer à ta dignité et tu n'y renonceras pas.
Tu appartiens à la généalogie des femmes qui n'ont jamais renoncé.

Aksinia Mihaylova

Labyrinthes souterrains
de la taille d'un poing d'enfant.
Armée d'une houe
je monte la garde dans le jardin
parmi des tas de terre meuble
surgis dans la nuit.
Le soleil pousse déjà son plateau orange
au-dessus de la colline,
un chien aboie, des coqs chantent.

Juste à mes pieds –
une boule de velours gris
sort de la taupinière,
puis une autre, et une autre…

Je recule prudemment
parmi les fèves en fleurs
et je dépose la houe
dans la cabane à outils.

Poème inédit.

Zéno Bianu

Une grâce qui ne tarit pas

Insondable
nuit des mondes
insondable

chaos confusion aveuglement
mes yeux s'accoutument
aux grands feux d'étoiles

un temps pour tout
mais pas seulement
pour mourir

un temps pour tout
mais pas seulement
pour désaimer

car le cosmos
ne tient debout
qu'en embrassant le chaos

nous sommes
des techniciens du désespoir
armés d'un couteau d'années-
lumière

tout s'en revient
tout est *rien*
sans issue

pas même la mélancolie
plus rien à brûler même –
de quoi désespérer

de quoi tout détester
et mes os déjà blanchissent
au fond des mots

sous un vent qui tourne
et s'en retourne
en spirale d'énigme

je sais maintenant
ce coup de grâce
au ralenti

je passe passe
sans relâche et sans fin
du berceau au tombeau

je passe à la va
comme je te pousse
sous un soleil en cendres

j'avance à travers les vies
au vif de la pluie
au prisme de mes nuits

moitié aveugle moitié voyant
je passe à tu et à toi
et parfois me surpasse

assoiffé d'une plénitude
autre que le manque
qui me troue et me désosse

un temps
pour que tout naisse
selon les griffes du ciel

un temps pour planter
un temps pour moissonner
un temps pour tuer

un temps
pour mourir
à soi-même

un temps pour sangloter
un temps pour rire
un temps souffrir

un temps danser
un temps
lancer des pierres magiques

un temps d'embrassades
un temps
pour le frémissement

un temps pour se disjoindre
un temps pour se
rejoindre

un temps pour la parole
un temps
de pur amour

un temps pour la seule extase
un temps
pour les mille récits

et soudain je sais
je sens
tant bien que mal

ne pas se tromper
de temps
c'est vivre juste

c'est s'accorder
à l'imprévisible
j'avance alors cahin-caha

et un poète
tel que Jean-Pierre Duprey
me souffle à l'oreille

« ce qui nous anime
s'appelle
la joie du gouffre » –

du tréfonds
de nos incandescences
tout alterne sans répit

sous le ciel des ciels
tout a sa saison
jusqu'à la cinquième saison

tout est souffle
haleine
infime respiration

par-delà
l'accablement
une grâce qui ne tarit pas

derrière
l'écran des brumes
un aller vers la lumière

Poème inédit.

Elise Mandelbaum

La vie normale des gens normaux
(Extrait)

le soir pour se consoler un peu
on a fait un afterwork

– mettez-moi un cocktail
sérotonine dopamine endorphine
avec des fleurs de centaurée
de la poudre d'étoiles
et une tranche de citron
au shaker pas à la cuillère –
au bar il y avait ce type
chauve avec un polo jaune
il s'appelait Reginald McKenzie
c'était le diable
il buvait une piña colada

c'était son jour *off*
il avait l'air détendu
il m'a dit d'un air modeste
que ses affaires marchaient plutôt bien en ce moment
je ne savais pas trop quoi répondre
alors je l'ai félicité poliment
et nous avons tous
le diable les collègues et moi
repris une tournée

dans le métro qui me ramène chez moi
je consulte sur mon téléphone
les nouvelles du Ministère des Choses Gracieuses

les aulnes assemblent leurs bourgeons en très fines guirlandes
une jeune fille a teint ses cheveux en gris
un singe a goûté des fraises pour la première fois
par accident, une palourde a produit une perle
les paons se contentent d'exister

Ananda Brizzi

Allonge-toi sur les vagues pour toucher les étoiles

la vague se baisse
étale ses bras sur la matière
l'embrasse
la porte
la soulève
la relâche
et
souffle

le monde te berce
porte à ta bouche son sein débordant
courbes de pistils
lignes de falaises
rires de marmottes
couleurs en kaléidoscope
odeurs mellifères
caresses
des vents
et
respire

le son fracasse les coquilles
entre dans les chairs
infiltre les os
inverse les flux
les corps deviennent ses pinceaux
la foule

sa
toile

les pensées pulsent à l'orée de la nuit
font des phrases en électrocardiogramme
s'agitent en poème
le souffle
contracte
et
lâche

le désir chuchote et puis
chante
dans les ventres la houle
les bouches s'ouvrent
s'avalent et les pieds s'envolent
les plantes se voûtent
s'engrangent
gonflent
hurlent
vibrent et
se
taisent

Poème inédit.

Marie Nimier & Thierry Illouz

Blanche

Elle est montée à Blanche
Elle qui ne l'était pas
Elle était en partance
En souffrance je crois
Elle avait des absences
Et des lèvres de soie
Elle est montée à Blanche
Elle qui ne l'était pas

Le métro se penchait
Sur les rails aériens
De ce qui se passait
Elle ne savait plus rien
Le métro s'épanchait
Sur son air anodin
Le métro la berçait
Elle avait du chagrin

Elle est montée à Blanche
Après tout s'est éteint
Un métro qui se penche
Un amour orphelin
Un voisin qui somnole
Un visage enfantin
Une femme qui s'envole
Pour soigner son chagrin

Et quelqu'un a chanté
On ne voyait pas qui
Le métro a freiné
Le voisin est parti
La femme s'est levée
Je crois qu'elle a souri
Et puis s'est envolée
Sur le quai sans un bruit

Elle est montée à Blanche
Elle qui ne l'était pas
Perdue dans son silence
Sous ses lèvres de soie

Un métro qui se penche
Un visage orphelin
Une femme qui s'envole
Pour soigner son chagrin
Une femme qui s'envole
Pour calmer son destin
Un voisin qui somnole
Un amour qui s'éteint

Paroles : Thierry Illouz, Marie Nimier
Musique : Daniel Lavoie
Chanson interprétée par Enzo Enzo, *Paroli*, 2004.

5

Extases érotiques

Paul Éluard

L'extase

Je suis devant ce paysage féminin
Comme un enfant devant le feu
Souriant vaguement et les larmes aux yeux
Devant ce paysage où tout remue en moi
Où des miroirs s'embuent où des miroirs s'éclairent
Reflétant deux corps nus saison contre saison

J'ai tant de raisons de me perdre
Sur cette terre sans chemins et sous ce ciel sans horizon
Belles raisons que j'ignorais hier
Et que je n'oublierai jamais
Belles clés des regards clés filles d'elles-mêmes
Devant ce paysage où la nature est mienne

Devant le feu le premier feu
Bonne raison maîtresse
Étoile identifiée
Et sur la terre et sous le ciel hors de mon cœur et dans mon cœur
Second bourgeon première feuille verte
Que la mer couvre de ses ailes
Et le soleil au bout de tout venant de nous

Je suis devant ce paysage féminin
Comme une branche dans le feu.

24 novembre 1946.

Derniers poèmes d'amour, Seghers, 1963.

Marilyse Leroux

Je me suis couchée
dans ton ombre
pour savoir ce que c'est
être toi

Nos corps ensemble
formaient une haie
entre deux jardins

À gauche
l'écarté des collines
à droite l'arc des dunes

Notre désir
ne savait où aller
alors nous l'avons allégé
de tout ce qui fait la dune
de tout ce qui fait la colline.

Poème inédit.

Hélène Cadou

Cœur ébloui

Malgré les regards
Les paroles
Les reniements

Dans l'écart
La friche

Avec l'ortie
L'épine
Le silex

Tu sauves
La fleur aux ânes
La beauté

Tu sauves le peu
L'immense clarté
Jaillie

Du sang.

J'ai le soleil à vivre,

Caroline Boidé

Tes mains

Tes mains d'homme ont tout vécu
Elles ont fendu la mer en deux
hissé la grand-voile
barré le navire contre la houle

Tes mains se sont frottées au temps
ont étouffé les tempêtes
escaladé les parois pierreuses
remonté le fleuve à contresens

Voraces, elles ont caressé d'autres corps
parcouru des jambes interminables
empoigné des nuques fébriles
recueilli des soupirs

Tendres, elles ont porté des nouveau-nés
relevé le faible
serré des épaules
protégé le mât des flammes

Gourmandes, elles ont fait le tour du monde
trempé dans la beauté
griffé le ciel
agrippé le vent

Deux galets aux effluves marins, tes mains
sur lesquelles je couche mon visage

Elles pagaient l'eau de mon ventre
boivent à ma source

Elles détiennent le secret d'une double nature
murmurée dans la pliure des draps
Des mains multiples aux attaches d'algues
de marin quand elles m'enserrent

Tes mains sont la grâce
les noces de l'animal et de l'ange

Poème inédit.

Ananda Devi

Six décennies

Six décennies et je l'admets
Je refuse tout ce qui interdit les sens

Tout ce qui nous embourbe
Nous entourbe
Nous réduit à moins que nous-mêmes

La nature nous a construit autres
Joyeux et généreux

C'est là le ravissement de l'incertain
Le reniement de tout ce qui nous encastre
Et nous empêche d'être
Le simple fait d'une joie
D'une tendresse
D'un orgasme rieur

Je ne veux d'aucun masque
Aucun voile
Aucune croyance
Qui m'interdise d'être

Vraiment ? Me dit-il
Peux-tu le prouver tout de suite ?

Et j'ai ri

Ne ferme pas la porte contre l'orgasme qui s'annonce
Ni ses fêlures ni sa vigueur
Laisse monter la marée du sang
Qui ravage l'ordinaire
Toute terreur est propice
À l'agenouillement propitiatoire

Ainsi a-t-il parlé

Danser sur tes braises suivi de *Six décennies*,

Anthony Phelps

À l'orée des chaleurs nous vivions à l'extrême
sous la poussée de forte sève
dans un éclatement de grenades
mûries à la tombée du soir
Nos voies royales se paraient
du balancement des femmes
Les filles aux seins nus mimaient devant le temple
sur le parvis de granit rose et vert
la lente danse des vestales
Et les jupes de soie aux savantes mouchetures
suivaient à contretemps le mouvement des hanches
Nous étions les meneurs des fêtes vespérales
Toute chair éclatait contre le fil de l'ombre
dans le mutisme effarouché de nos doubles silences
et le port des palmiers jetait dans la nuit moite
comme un cri de noblesse
Nous vivions à l'extrême

Mon Pays que voici, © Éditions Bruno Doucey,
coll. Sacoche, 2024.

Marion Collé

JE N'AI PAS PEUR DE DIRE QUE J'AI BESOIN D'AMOUR JE N'AI PAS PEUR D'ÊTRE CE PUITS SANS FOND JAMAIS RASSASIÉE EN DÉSARROI EN PROIE AU VIDE L'AMOUR EST UNE QUÊTE INFINIE J'AI BESOIN D'EAU DE COURANTS D'ÉTREINTES VIVANTE RIEN NE POURRA M'ARRACHER CETTE BOULE DE FEU MON VENTRE MON DÉSIR D'ÊTRE VIVANTE DE ME REMPLIR JUSQU'À LA FIN D'ÊTRE TRAVERSÉE PERCÉE ÉBLOUIE MISE À NU UN ÉCRIN JE VEUX ÊTRE UN ÉCRIN UN MINCE CHEVEU LA GOUTTE D'EAU AU FOND DU PUITS LE PUITS UN PUITS DE LUMIÈRE OUVERT OUVERT OUVERT

Traverser les murs opaques,
à paraître aux Éditions Bruno Doucey
en 2024.

6

Grâce à toi

Nâzım Hikmet

Toi je t'aime comme je mange le pain avec du sel
comme me réveillant dans la nuit brûlant de fièvre
   pour boire de l'eau j'appuie ma bouche au robinet
comme j'ouvre agité, joyeux, inquiet
   le lourd colis postal on ne sait quoi
toi je t'aime comme si pour la première fois je traversais la mer
      en avion
comme certaines choses qui frémissent en moi
quand doucement la nuit tombe sur Istanbul
toi je t'aime comme on dit « grâce au ciel, nous vivons… »

27 août 1960

Mireille Gansel

par la grâce d'un mot
et le plus démuni

grâce à toi frère humain
qui va le cœur pied nu

Poème inédit.

Bernard Grasset

Rivière de lumière,
Moulin bleu et vert,
Chemin de cailloux,
Et l'offrande du jour.
Ouvriers, paysans,
La justice des mots,
Une brèche dans le mur
S'ouvre sur l'île amarante.
Qui suis-je ? Tout s'efface,
Entre rives et ravin
Le ciel en partage,
Et le sang du labeur.

Martin Laquet

Plutôt couler en beauté que flotter sans grâce
Corinne Morel Darleux

ce qu'on cherche n'est pas un os à ronger
surtout dans la gueule des chiens

l'attente peut mordre
vivre debout n'est pas une manie
on regarde les couleurs en désordre et les ombres bouger
des pierres dans la gorge
un rire descend l'escalier

de l'air, de l'air pour mieux brûler
l'oubli et son éclat
l'instant et son image
le temps d'un regard vrai

je n'ai pas de preuve quand il s'agit de nous

mais l'absolu est pyromane
l'humanité comme seul décor
nous coulerons peut-être
la langue rouge et bien pendue
le poing levé
nos colères germeront même au fond des eaux usées

pas le couteau entre les dents
mais le cœur

et du vent et des graines

et des allumettes
histoire de

nous traînons nos ecchymoses et des métaphores en loques

le matin arrive parfois à l'improviste

un peu d'espoir après toi après tout

amour, amour inaudible
la défaite n'est qu'une hypothèse
dans la prunelle de nos yeux

puisque la grâce existe

Poème inédit.

Élisabeth Granjon

Mes sens captent les émotions
décodent postures et attitudes
Mes yeux entendent l'indicible
dans l'humanité qui nous relie

Je sais de cette adolescente
le mouvement d'émancipation
dans les mains manucurées
navigant sur le smartphone

Je sais de cet homme
le tressaillement amoureux
la clarté de ses yeux
lorsque parle sa voisine

Je sais de l'aïeule
la révolte et l'engagement politique
sous la paupière trépidante
les gestes saccadés

Je sais de l'étudiant
l'ambition fébrile et inquiète
entre les bras chargés de livres
au sortir de l'université

Je sais l'ardente spiritualité
au creux de la nuque ployée du grand-père
et la gourmandise de ses mâchoires
devant le plateau de sucreries

Je sais de cet enfant
la peur tapie
dans chacun de ses membres
en présence de sa mère

Poème inédit.

Ève Guerra

c'était du temps où maman existait encore

c'était du temps où maman existait encore, et l'odeur du pain, partout dans le couloir, passait à travers les murs, sa robe blanche puis bleue, de longues tresses avec les draps comme sa peau, couvrait tous les fronts, criait, les talons si hauts qu'on aurait dit des perches, de maman, les ongles pointus comme des aiguilles, traînaient le soleil, jetaient ses bras
maman les bras autour de mon cou comme des cordes
maman la peau zeste de mandarine, maman dans la cuisine
penchée sur la table
et puis maman qui court
– Ce que tu ne veux pas comprendre, ce que tu ne veux jamais entendre
sa voix d'enfance, le visage maquillé de cils bleus corps frêle, sa voix d'enfance, et les éclaboussures de fruits sur la peau
– Ce que tu ne veux jamais savoir
court après ma grosse tête et mes mains, les jouets éparpillés dans la chambre ou amarrés à la touffe du chien, se faufilent entre les jambes
– Viens ici !
de maman qui
– Si tu ne fais pas ce que je te dis
tourne autour de mon corps
– Si tu ne fais pas ce que je te dis
tourne autour de mes mains, et Noël au-dessus du sapin, la grosse étoile, maman et le sapin de plastique, ramassé à la boutique, au-dessus du monde, rôdent entre les paquets ouverts

Texte inédit.

Alexis Pelletier

Tu n'as rien vu venir
(Extraits)

je me souviens enfant du trouble causé
par un mot lamentable entendu
chez moi
affirmant qu'une femme au violoncelle
manquait de grâce

elle devait écarter les cuisses

depuis quand ce mot vient
je me demande s'il participe
d'une agression faite aux femmes

*

si tu y vois une quelconque
chorégraphie
est-ce parce que la danse
t'est étrangère

je ne voudrais pas qu'elle décline
pour toi les vieilles recettes
du temps passé dont tu sais
qu'il ne revient jamais

*

le récit qu'on peut vivre
avec la grâce
avec le mot grâce
tiendrait de la reconnaissance ou du don
du service rendu ou de la faveur
à moins qu'il s'agisse
d'une influence d'un agrément

quelque chose ferait signe vers la beauté

je pense aux peintures noires de Goya

*

la sensation d'être entraîné
à la merci du temps qui passe
quand le corps est traversé
par une mélodie qui non seulement attire
mais devient reconnaissance
charme douceur aménité

il y aurait tant de variations
que quelque chose scintille
d'une simplicité si rare

tu n'as rien vu venir

*

quelque chose d'un moment
donné a eu lieu
qui peut-être achevait
la souffrance d'un merci

Poème inédit.

7

En l'an de grâce

Denise Levertov

Septembre 1961

C'est l'année où les anciens
les grands anciens
nous laissent seuls sur la route.

La route conduit à la mer.
Dans nos poches nous gardons nos mots,
directions obscures. Les anciens

ont emporté la lumière de leur présence,
nous la voyons s'éloigner sur la colline
d'un côté.

Ils ne sont pas en train de mourir,
ils sont repliés
en une douloureuse intimité

ils apprennent à vivre sans mots.
E. P. « C'est comme mourir » – Williams : « Je ne peux pas
te décrire

ce qui m'est arrivé » –
H. D. « incapable de parler. »
L'obscurité

s'entortille dans le vent, les étoiles
sont petites, l'horizon
est annelé d'une brume urbaine confuse.

Ils nous ont dit
que la route mène à la mer,
et ils ont mis

le langage dans nos mains.
Nous entendons
les bruits de nos pas à chaque fois qu'un camion

nous a éblouis en nous dépassant
et nous laissant un silence neuf.
On ne peut pas atteindre

la mer sur ce chemin
interminable qui mène à la mer sauf
si l'on dévie à la fin, paraît-il,

pour suivre
le hibou qui plane en silence au-dessus
de travers, d'avant en arrière,

et au loin dans les bois profonds.

Mais pour nous le chemin se déploie,
nous comptons les
mots dans nos poches, nous nous demandons

comment ce sera sans eux, nous
ne nous arrêtons pas de marcher, nous savons
que la route est longue, parfois

nous pensons que le vent de la nuit porte
l'odeur de la mer…

In *Beat Attitude – Femmes poètes de la Beat Generation*,
traduit de l'anglais (États-Unis) par Annalisa Marí Pegrum
& Sébastien Gavignet, © Éditions Bruno Doucey, 2018.

Olivier Adam

Briar song

Souviens-toi comme on marchait
sur les sentiers dans la lumière
et comme le ciel se déchirait
en grands lambeaux gris fer
et comme les eaux se retiraient
laissaient le sable à découvert
et comme le vent nous lessivait
passait nos cœurs
au papier de verre

souviens-toi comme on dormait
au retour des bruyères
et comme la mer nous suffisait
les îlots noirs et les fougères
souviens-toi comme on baisait
noués fondus élémentaires
et comme tes doigts tu les croisais
et sur tes lèvres
une prière

souviens-toi comme on rentrait
rincés lavés par la lumière
et la maison qu'on laissait
et les sentiers et les bruyères
la presqu'île et les genets

la lande et les perce-pierres
alors Paris nous avalait
et j'allais mordre
la poussière

Karine Reysset

Genèse 1994

mon prince des lisières
ma prière du soir est pour toi
nous sommes des amoureux siamois

bras jambes bouches bête à deux dos
mon rocher ma sève mon enfant ivre
chacun de mes mois t'aiment
ils sont au moins d'accord sur ça

dans une chambre rose jaune et bleue
des poussières d'ange dans les cheveux
autour d'une table de pierre mouchetée
des roses et des fétiches
je me bats
avec mon stylo-épée en or

je t'aime du plus léger au plus profond
moi reine des pâquerettes et toi le roi fou
le feu nous protège des loups
qui voudraient nous plonger dans la boue

j'aimerais tant que tu m'emportes
au pays d'où on ne revient pas
toi le voyageur magnifique
partir enfin vers l'océan
rêver un enfant couleur de lune

rêver une vie comme ça avec toi

mon pire malheur
serait de ne plus t'aimer
ma plus grande crainte
que tu ne m'aimes plus

Poème inédit.

Laurent Doucet

Grâce au Premier Manifeste du surréalisme

Grâce au Premier Manifeste du surréalisme
Le rêve est resté ouvert
D'une société plus juste et égalitaire

Pas seulement avec du matériel ou de l'argent
Toujours insuffisants et plus ou moins *manquants*

Mais avec l'imaginaire nécessaire
À toute révolution
Forcément *infinie*

« L'imagination au pouvoir »
C'est le surréalisme aussi
Sauvé de l'après 1968 des démissions
Des compromissions et des corruptions

C'est grâce au *Premier Manifeste*
Que les brèches ouvertes par quelques femmes
Dans l'empire multimillénaire du Patriarcat
Se sont agrandies de l'intérieur
Par le transfuge de quelques jeunes gens

Traumatisés des guerres industrielles
Transportant les espoirs des Années Folles

Jusqu'à aujourd'hui

Grâce à elles et à eux
L'espoir d'un monde de citoyens et citoyennes artistes
Perdure

Pour que le drapeau blanc
Devienne le seul drapeau sur Terre
Le drapeau de la paix
De l'émancipation et de l'épanouissement universels

Mais cette fois-ci
Presque cent ans après
Il faut qu'advienne cette Humanité sur-réelle

AVANT les prochaines catastrophes
En cours et annoncées

Avant le *coup de grâce*
Nucléaire et barbare

Technologique et climatique

Pour les 100 ans du Premier Manifeste du surréalisme (1924)

Levent Beskardès

2020

À droite
À gauche
Tous me regardent
Yeux braqués sur moi
Tous ont des masques
Masques, masques, masques
Un me fait face
Tiens, prends !
Mets-le !
Je prends
Je mets
Un autre
Prends !
Mets-le !
J'obtempère
Un autre
Prends !
Mets !
Un autre
Prends
Un autre
Et un autre encore
Je mets les masques
1, 2, 3, 4, 5…
Épaisseurs superposées
J'étouffe
J'ai la tête qui tourne

Je m'écroule
Regards méfiants
À droite
À gauche
Inquiets
Hé ! hé !
Réveillez-vous !
Hé !
Je ne bronche pas
Réveillez-vous !
Penchés sur moi
Regards perplexes
Hé ! hé !
Allongé par terre
Je me détache de moi
C'est moi là ?
C'est moi
Mais me voilà
Mon corps
Ma peau
Mon visage
Sans masque
Libre !
Au revoir…
Je m'éloigne de la Terre
Qui grouille
Qui grouille de masques
Qui grouille de morts
Morts, morts, morts
…Le monde masqué

Poème inédit, traduit de la langue des signes par Brigitte Baumié.

Hala Mohammad

Guernica

Papillon, dit la femme
Atténue quelque peu tes grâces
Cette vie est cimetière de couleurs cimetière des ombres
Cimetières des courages… Cimetière.

Femme, dit le papillon
Atténue quelque peu tes secrets
Cette vie, regarde
Entre brise et brise, entre soleil et soleil
Entre guerre et guerre, entre déluge et déluge
Entre oubli et oubli, entre deuil et deuil
Entre Darwich et Lorca, entre Guernica et Guernica
Dans les incendies des forêts les gitans se sauvent… Les forêts
se sauvent aussi
La chanson
En hautes montagnes la flûte du berger
Rassemble le troupeau de nuages égarés
Et, à l'assassinat de cette aube qui saigne le blanc
Regarde, se sauve cette lune… rouge
La lune des Guernicas.

Poème inédit, traduit de l'arabe (Syrie) par l'autrice.

Jeanne Benameur

La grâce du bougainvillier

ce matin
les mots sont venus
dans le silence de l'écriture

il y a trois jours
une nouvelle irruption de la barbarie
m'avait serré la gorge
les paroles ne trouvaient pas leur route
devant l'horreur
à nouveau étalée
on assassinait
on prenait en otages femmes enfants vieillards
on crachait sur les cadavres
à l'autre bout du monde
si près de mon cœur

j'étais assise à la petite table ronde de mon patio
mon cahier ouvert
la veille j'avais discuté avec Massimo le metteur en scène
avec qui je travaille
et nous avions dit tout doucement
que pouvons-nous faire d'autre
que travailler encore et encore

alors j'ai revu les visages de la troupe
ces hommes et ces femmes qui puisent leur force
dans les anfractuosités des blessures

que la vie leur a faites
eux qui portent les textes
haut et fort
intensément
je pensais à eux
et j'ai écrit pour eux
parce que contre la barbarie il n'y a rien d'autre à faire
qu'œuvrer
creuser la terre de l'amour et de l'espoir
pour rester humains
parmi les humains

je les voyais
vibrants et beaux
déterminés
à ne pas courber la tête
à garder les yeux ouverts
et le cœur battant

malgré tout

la grâce
ce sont les mots qui viennent
malgré tout
et qui persistent
à chercher la lumière

dans le patio où j'écris
j'ai désespéré d'un bougainvillier
qui n'arrivait pas à déployer ses fleurs corail et feu
malingres elles ne tenaient pas
au-dessus d'elles la tonnelle de la vigne

ne leur laissait pas
assez de lumière

mais quand je suis revenue
de mon dernier voyage
il y a quelques jours
j'ai eu la belle surprise des grappes corail et feu
magnifiques

patiemment
le bougainvillier avait poussé ses branches
au-dessus de la vigne
alors que je le croyais perdu
lui trouvait son chemin vers la lumière

j'écris
entre le ciel et moi
les fleurs corail et feu
vigne et bougainvillier cohabitent
au-dessus de ma tête
j'écris

Crète, 10 octobre 2023

Poème inédit.

François Cheng

11 août 1999.
Au moment précis de l'éclipse de soleil,
une plume tombée d'un oiseau en vol
nous a frôlé le visage

Plume rayée de rythmes immémoriaux
De quel vol es-tu le messager
Quand soleil et lune se touchent le front
Et les humains s'unissent dans un cri

Quand au cœur de la nuit diamantine
Un ange nous chuchote en passant
Le secret de la rencontre furtive
En laquelle l'éternité se mire

8

Extases spirituelles

Visions

René Guy Cadou

Seul Dieu

Si je parle de Dieu
C'est que je pense à l'arbre
Qui broute sagement son foin bleu dans le soir
Et Dieu vient sur la mer
En agitant ses paumes
Pareilles dans mes yeux
À de petits bateaux
Il n'a pas de poignard
Planté dans sa poitrine
Mais seulement des coquillages à son cou
Car c'est un Dieu aventurier
Un Dieu des îles
Abandonné des coloniaux et des serpents
Plein d'oiseaux et vêtu de feuilles
Impassible
Sous les éclairs surnaturels de ses bras blancs
Je pense à Lui
À mon bel arbre des nuits chaudes
À mon tabou de l'homme simple
Et de l'enfant
C'est l'échelle de soie de la terre aux étoiles
C'est la cocarde lumineuse qui fait voile
C'est le rameau chargé de fruits par tous les temps.

Paola Pigani

Un simple

Ni ange ni bête
fils de l'homme peut-être
on ignore qui avait laissé choir sa nacelle
dans l'herbe folle
c'était la saint Jacques
on lui donna le nom du jour
lui est resté le goût du lait de brebis
qu'on lui faisait couler en bouche
il a grandi Jacques, il a forci
à dix ans, il tenait déjà fourche et faux
regardait au loin
tomber les nuages de la robe de Dieu
écrire il n'a jamais su
trop d'eau dans sa tête disait-on
et des abeilles au fond des yeux
à 17 ans, il voulut porter chasuble
et paroles dans les prés
un jour, il entra seul dans la chapelle
les poches pleines d'argile des chemins
il lécha ses mains, les brouilla d'ocre
et dessina sur l'autel des signes
d'avant la vie, d'après la vie
Frère Jacques né du ventre de la terre.

Poème inédit.

Gilles Baudry

Les questions innocentes

Qui sait entendre
le coda des sources
le récitatif des oiseaux
derrière les larmes ?

*

Qu'un ange passe
tout l'invisible
est-il froissement d'ailes ?

*

Avant d'être une extase
l'attente
nous met-elle sous hypnose
pour nous tenir
à l'orée de toute merveille ?

Lauren Mendinueta

Le corps d'elle

Que ma joie soit dans les larmes, dans la frayeur mon repos,
ma paix dans la douleur,
et ma prospérité dans l'affliction.

Teresa d'Ávila

Je pense souvent au corps des femmes,
j'ai longuement pensé au corps de sainte Teresa d'Ávila,
à ce qui blesse et ce qui est blessé, à la brebis blanche de Teresa
elle était blanche ? je ne sais pas,
sa brebis qui broutait sous l'habit vaincu par le temps
et son corps, le corps de Teresa, intact et nu
vide de vie et de peine
qui étreignait contre sa poitrine nue le corps nu du Christ
quand on l'a trouvée incorrompue et parfaite,
trop charnel pour goûter au plaisir de la vraie chair,
réclamant de l'amour, refusant la joie,
son corps beau, doué pour la vie, inutile pour la mort,
le corps sacré de Teresa,
désiré, démembré, séparé,
séquestré, menacé, volé, vendu, vénéré
après la mort
la main droite, à laquelle on a arraché un doigt,
je t'aime, je ne t'aime pas, je t'aime corps,
sa main perturbée, brisée,
coupée pour les siècles des siècles
qui a abouti à Lisbonne,

parfois je pense au corps mutilé de Teresa
et à son sexe, fruit très étrange
que le temps et la mort ne peuvent corrompre.

Poème inédit, traduit de l'espagnol (Colombie) par Stéphane Chaumet.

Katia Bouchoueva

Meuf immortelle

Vigiles-Complies : 21 h 15

Où est la meuf qui se croit immortelle
avec son cierge,
avec sa carte Vitale,
avec sa pinte de bière artisanale.
Reine de Saba. Présidente
d'un pays en lambeaux,
d'un parc endormi ?

Sœur Bénédicte, du haut de ta chapelle,
dis à la meuf : « oui bien sûr tu es immortelle.
Non, ce n'est pas bien faisable et ça :
c'est ton petit cœur que tu récupères en passant. »
comme un matelas usé, bloc d'un tissu malade.

Poubelle-tambour,
Grenoble, mon amour.
Dans les montagnes autour,
dans celles plus éloignées :
beaucoup de neige,
énormément de lait
de chèvre et de lune,
de femme même.
Énormissimes, géantes
âmes.
Quelques sœurs
dans les bois marchent pieds nus,

soufflent fort –
et s'en va
l'arbre mort.

Tout part en vrille :
quelqu'un à l'aube a dessiné dans le ciel deux nichons et une bite.
Je dis : « ben alors, pauvre armée de l'air.
Je respecte : les ordres, les monstres, les circulaires,
mais débordent : bave, nuages, glace d'un cornet,
d'un passé – minitel. »

Et la meuf immortelle (pour de vrai il paraît),
ivre et cosmopolite, triste
un peu mais pas trop
(que des sauts étonnants,
des si belles remontées de la bière il existe
dans cette ville) –
oui, cette meuf immortelle,
de l'ensemble vocal des grands vents
nous revient comme choriste.

Poème inédit.

Stéphane Bataillon

Vision

Je l'ai vu l'autre nuit

il était dans une boîte
une petite boîte noire
dans le noir
sur un promontoire
avec une serrure d'or

je me suis approché
ai posé mon œil contre la serrure
et j'ai vu
loin, très loin
tout au fond
une autre
puis encore une autre
puis encore une autre
et encore une autre
boîte
une toute petite boite
dorée
avec une ouverture
et là,
dans l'ouverture
une fiole de verre renversée

dans la fiole
comme un paysage d'été

avec l'argile et le soleil
le vent et la rosée

mais sans rien d'autre
que lui

lui

– un brin d'herbe.

Charles Juliet

Pendant des années
tu n'as connu que l'ennui
l'exil la détresse

Maintenant
ces longues périodes
où tout t'émeut
t'émerveille
vient aviver
une joie secrète

*

Les eaux rares de la source
Quand elles ruissellent
Te tiennent immergé

*

Cette paisible force jubilante
quand fusionnent les contraires

Que tout converge et s'accorde
pour exalter la vie

Bribes pour un double,

Habiba Djahnine

Il cherche sans cesse
Le sens de ses mots
Car sa langue nous fait défaut
Je l'ai vu passer
Vieil homme silencieux
Cherchant dans le sacré la postérité
Il répète chaque jour les mêmes syllabes
Il a une quête secrète
Une langue secrète
À chaque ressassement
Il réinvente le souffle de vie
Je le vois passer
Je ne l'ai jamais vu assis
Je ne l'ai jamais vu parler
Je ne l'ai jamais vu debout
Manger ou sourire
Je le vois passer dans mes pensées
Dans le souvenir des autres
Il traverse le monde
Arrive au crépuscule
Traverse en silence la ligne d'horizon

André Velter

Le yoga du poème

1

Se détourner du monde comme si de rien n'était. Ne trouver grâce que dans le rythme clairvoyant d'un mantra qui danse et vagabonde du Manasarovar jusqu'à Chidambaram.

Sois le Poète de ce qui est.
Le Devin du Réel.
L'Aiguilleur des sphères sonores.
Le Tout-harmonieux.

Que par toi le Chant devienne Lumière !

2

Incarne-toi, vision précaire, en ce que tu saisis. En pierre, bronze, or, bois, ou même sable ou poussière. En ce qui prend forme et promesse pour que l'univers ne reste jamais, dans sa chatoyante complexité, tout à fait indicible.

Sois le Journalier de ce qui creuse et transperce.
Le Fossoyeur au sourire d'ange.
L'Oiseleur des forêts profondes.
Le Tout-délivré.

Que par toi l'Infini découvre sa Zone franche !

3

N'interprète pas de travers le chemin de traverse que tu décides d'emprunter. Le non-agir auquel tu aspires n'est pas l'antichambre du grand repos, mais le sentier le plus abrupt où le souffle, qu'il vienne tant soit peu à manquer ou pas, ne cesse de tutoyer le vide.

Sois le Capitaine de ce qui ne touche pas terre.
L'Ordonnateur des lois secrètes.
L'Alchimiste de l'Absolu.
Le Tout-transmué.

Que par toi l'Extase décline ses Corps à Corps !

4

Établis-toi dans le temps suspendu qui se présente. Au premier écho fais l'offrande d'une source. Écoute comme si tu te désaltérais. Accueille le rite du grand passage à chaque pas, sa liturgie ascendante.

Sois l'Amant de ce qui t'emporte.
Le Migrateur aux ailes de neige.
Le Fils des nuages blancs.
Le Tout-exilé.

Que par toi les Lointains s'établissent À demeure !

5

Éclair qui se fond dans la nuit, ton poème peut décidément prendre congé. Partir où il veut.

Valeriu Stancu

Rossignol

Un désert de silence
entre nos ombres
Un océan d'ombre
entre nos silences
et naturellement
le fleuve s'interroge sur
la nécessité / l'utilité de faire
encore et encore
sa ronde de nuit
Dans les ondes
le troublant château hanté
nous laisse la clef
des prières,
des rêves,
de la folie…

Poème inédit.

Xavier Grall

Solo
(Extrait)

Seigneur Dieu
à mes frères et amis
aux femmes que j'ai aimées
à tous ceux que mon cœur à croisés
avant que d'entrer dans les ténèbres
transmettez je Vous prie
mon espérance testamentaire
nul chant nul solo
nulle symphonie nul concerto
qui porte nostalgie d'amour
et soif et faim de tendresse
ne sera perdu dans la détresse de la mer
voilà et puis encore ceci
par la dernière larme
par l'ultime halètement
par le dernier frémissement
par le moineau qui s'envole
par le geai sur la branche
par la dernière chanson
par la joie dans la grange
par le vent qui se lève
par le matin qui vient
tout simplement
je Vous rends grâce

d'avoir été dans le bondissement
incroyable
de Votre création
un pauvre hère mortel divin
et misérable
oui
tout simplement
un être humain
parmi les milliards
et les milliards de Vos créatures
à présent que les feuilles
et les mains
de douce nature
me closent les yeux !
Mais Seigneur Dieu
comme la vie était jolie
en ma Bretagne bleue.

Solo et autres poèmes (1981), in *Œuvre poétique*,

Erri De Luca

Psaume de tempête

Dans le psaume cent sept je lis et traduis les vers d'une tempête.
« *Jorde hayam baoniot ose melakha bemaim rabbim :*
ceux qui descendent la mer sur les bateaux,
qui œuvrent dans les eaux immenses
hemma rau maase Yod, venifleotav bimetsula :
eux ont vu les faits de Yod/Dieu
et ses prodiges dans des profondeurs.
Vayomer vayaamed ruakh seara vatteromem gallaw :
Et il dit : et se calma un vent de tempête
qui dressa ses vagues.
Yaalu shamaim yerdu teomot nafsham braa titmogag :
ils escaladeront des cieux, descendront des abîmes
leur souffle claquera dans le mal.
Yahoggu veyanuu kashikkor vekol khokhmatam titballa :
ils tournailleront et vacilleront comme l'ivrogne
et toute leur expérience sera balayée.
Vayitsaku el Yod batsar laem u-mimtsukotehem yotsihem :
et ils hurleront vers Yod/Dieu du fond de leur peine
et des bouleversements il les fait sortir.
Yakem sear lidmama vayekheshu gallehem :
il réduit une tempête au silence,
et que se taisent les vagues. »

Œuvre sur l'eau, traduit de l'italien par Danièle Valin,

Mohammed El Amraoui

Instant de grâce

(Le silence de mon père)

Allongé, à moitié, sur un tapis en jonc
au milieu d'une salle blanche, d'une
petite mosquée en terre, porte
ouverte, toujours
ouverte, mon père, le coude
sur l'oreiller, les yeux
dans le livre, comme embarqué
sur une mer sans rivage, à essayer
d'assigner un sens
à ce silence qui vibre
et ondule, réfraction
de tous les silences, et que
seules quelques mouches bourdonnantes
trouent de leurs ailes transparentes
et leurs pattes fines comme des alephs

Les lettres, toutes, se redressent
devant lui, profusion étoilée de sens
inouïs et tressés

comme une chevelure qui sauvagement
monte et descend une spirale infinie
où se chevauchent mélancolie, ferveur, joie
et autres éclats de soi

comme une prière de l'instant

où son moi se diffère de lui-même
et ne diffère rien au-delà de l'instant
et ne vit que dans l'ombre de lui-même
et du peu de choses qui l'entourent
dans la géométrie du hasard
qui est le sien :

bassine en plastique, camping-gaz, petite assiette
en faïence légèrement fendue, *L'arbre de l'univers*
d'Ibn Arabi, *Les raisons de la révélation*
d'Al-Suyuti, *Précis de grammaire*, et autres
livres entassés

Et rien d'autre qui divertit ou fausse l'attention

Rien n'est centre, tout est centre
et gouffre de l'instant
où s'enflent les pensées et les rêves
infinis, dans l'instant même, infiniment
éloignés de là où ça a commencé
de là vers où ça peut aller –
peu importe –
juste la grâce de l'instant
que l'esprit
accorde au corps, le corps, à moitié
dans l'ombre
où la raison se nie, crie sa carence
juste un cœur qui excède la parole
et déjoue le cauchemar multiforme de la nuit

Il lève sa tête. Quelque chose on dirait
descend
pesanteur d'un désir sourd qui tire
et le fait remonter
faiblement
en attente d'accueillir
on ne sait quel passage vif
et fulgurant

Poème inédit.

Vénus Khoury-Ghata

Dieu

Je te croyais le vent qui rive l'arbre au sol
La brise qui lisse les monts aigus
La feuille d'orme qui panse l'oiseau blessé
Ainsi que l'ortie qui le crucifie
Je te disais Paix
Je te disais Tourment
Mais tu n'es que silence qu'absence
Tu es indifférent
Et l'oiseau d'écouler goutte à goutte son sang
Tu l'ignores, tu regardes ailleurs
Est-ce pour rafraîchir la terre?
Ou pour la colorer?
Mais que fais-tu des coquelicots, des océans et des saisons?
Non, ils ne te suffisent pas
Il te faut un rien de rouge, une poignée de sang
Pour rendre plus sonore la terre et plus ivres les vents.

Jidi Majia

Un calembour récité pour soi-même

Quand une pierre passe par le chas d'une aiguille,
l'épine dorsale de cette aiguille émet un son de lumière.

Le chas de l'aiguille a des nervures
enveloppant des rochers de mots qui n'émettent aucun son,
assoupis qu'ils sont dans un sommeil éternel.

Cette goutte de pluie dorée qui jaillit sur l'aile d'un aigle…
serait-ce un œuf que le ciel a fait éclore ?

Non, c'est le vide qui nous vient de la voûte céleste,
mais un œuf a bel et bien prédit la naissance d'un univers.

Paroles de feu, traduit du chinois par Françoise Roy,

Simon J. Ortiz

La Beauté tout autour
Emprunté aux Dinéh

Maintenant le soleil est si bas à l'horizon.
Maintenant il y a un arc-en-ciel cerclé tout autour du soleil.
Maintenant il y a trois soleils, l'un est au centre.
Maintenant la beauté est tout autour.

Le chant-prière doit s'y consacrer.

En regardant vers l'est, juste au-dessus des collines au milieu
du matin,
le cercle autour du soleil central est immense, étincelant
des couleurs de l'arc-en-ciel, le cercle achevé,
son arc inférieur à nos pieds, et debout devant lui
nous sommes à l'intérieur de la sphère.

Dans la beauté devant moi.
Dans la beauté au-dessus de moi.
Dans la beauté en dessous de moi.
Dans la beauté tout autour de moi.

Rien d'autre que la totalité du soleil
et la neige d'hiver et le fait d'être vivant et de savoir
que ce pourrait n'être rien de plus que la beauté.

Voici le chant et la prière.

Traduit de l'anglais (États-Unis) par Cécile Brochard.

Rita Mestokosho

Tshishe-Manitu, Grand Esprit

Tshishe-Manitu, Grand Esprit
Veille sur mes pensées
Qu'elles soient légères et belles
J'aime à penser que tu es là
Tout près de moi
Pour me chuchoter les mots
Qui glisseront sur mes lèvres
Mon cœur de mère a besoin de s'endormir
Juste le temps de me reposer un peu
Toi qui vis dans les grandes lumières
Et qui sais me retrouver
Quand j'en ai vraiment besoin
Je traverserai la rivière quand elle sera là
Merci de veiller sur ma route
Et tous ses petits sentiers de rêves que j'aime visiter
Dans les soirs de grand silence
Merci pour l'amitié simple qui est présente
Merci pour l'amour en moi
Et qui m'aide à rester clairvoyante pour mon prochain
Merci pour le petit enfant qui me sourit
Merci pour toute la vie autour de moi
Merci merci merci et je t'aime…

Née de la pluie et de la terre (avec des photographies de Patricia Lefebvre),

Laurence Nobécourt

La moisson du ciel

La douceur allouée à nos échines
sur le chemin
l'arbre cloué
seul
par les oiseaux
abandonné
L'alphabet oublié
s'accroche aux voûtes du souvenir

Gratitude
pour la chair de loi
le souffle de peu
des filières cousues
Je me rappelle une sœur qui m'aimait
Je pleure sans leurre
à la vie
lorsque j'entends
les hommes bouleversés de joie
Gratitude à la mort
l'amour vivant
les corps
et tout s'éteindra

Dans l'enceinte gracieuse de la Terre
au rythme de l'enfance
un petit garçon contre le mur
berce

son père
sur ses genoux

Je veux bien tout perdre
pour te trouver
Toi qui es sans nom et sans visage
mon Amour
la vie
le sourire restitué
mon heure
contre ton épaule profonde
et nous pourrons chanter les berceuses
dont le monde s'est passé
Pauvre de lui !
Redonne-moi mon nom
que je puisse t'offrir
mon courage très doux
De quoi avions-nous peur lorsque nous sommes venus ?

Des lions jaunes courent dans la pierre
et la nourriture n'est jamais bleue
que dans le regard des femmes heureuses
Je ne suis pas fatiguée de faire ta louange
J'écris sur des tickets de caisse
la moisson du ciel

Tu as eu de la chance
petite
de pouvoir aimer ta mère
toi qui lèves une langue disparue
ton sein tendu sous le tissu de l'avenir
Regarde-moi

et nous chanterons tour à tour
ton cantique souillé
avec mes voix démunies de mûriers

Quelle pensée Dieu ose-t-il incarner à Auschwitz ?
Le fou rire des enfants frondeurs
s'en moque
Je ne peux pas oublier
Je me retire dans le palais de ma gratitude
d'où je t'écris
Tu m'entends sous le silence
de la guerre aux mains pendues
Un homme sans tête
bras croisés
repose dans l'inquiétude
et la charge de ses yeux humides
signe l'abandon aux mèches blondes
que le navigateur chérit dans sa doublure

Reste-t-il quelque capitaine
penché sur ses mappemondes
pour traverser nos océans de gratte-ciel contemporains ?
Je veux avoir confiance en nous
dans la nouvelle civilisation
atroce
et alors je descends de son train stupide
et d'un mot nous tire
hors de sa terreur
dans l'abîme soyeux
de ta grâce

Poème inédit.

Thierry Bourcy

Petite prière

C'est une petite prière
Quelques mots portés par le vent
Bouquet d'ajoncs et de bruyère
Qui fleurit au soleil levant

Un vœu à peine chuchoté
Quand passe une étoile filante
Dans le grand ciel des nuits d'été
Où la chaleur est enivrante

Une légende qu'on murmure
Devant les portes du sommeil
Quand souffle un parfum d'aventure
Qui vient de l'océan vermeil

C'est comme le début d'un rêve
Qui nous emporte dans ses bras
À l'heure où la lune se lève
Et s'en vient caresser nos toits

C'est juste trois grains d'espérance
Qu'un jour on avait oubliés
Au creux du jardin de l'enfance
Et qu'on est revenu chercher

C'est une petite prière
Quelques mots portés par le vent
Bouquet d'ajoncs et de lumière
Qui fleurit au soleil levant

Poème inédit.

9

Le coup de grâce

Mykhaïle Semenko

Patagonie

Je ne mourrai pas de mort, mais de vie.
Quand j'aurai trépassé
La vie même sera finie,
Et le drapeau baissé.

Je mourrai en ma prime jeunesse –
Car serai-je jamais vieux ?
Je ne veux nul poème de messe.
Du deuil oublie, oublie le jeu.

Je mourrai, mourrai en Patagonie,
Car j'appartiens au feu et à la terre.
Amis, je n'entendrai pas vos cris,
Je ne suis à personne, poète planétaire.

Je mourrai quand la nature se taira,
En attendant la dernière nuit d'orage.
Je mourrai dans une trêve, tandis que mon cœur bat
de la vie, de la lutte, et de mon très jeune âge.

In *Ukraine – 24 poètes pour un pays*, traduit de l'ukrainien par Ella Yevtouchenko et Bruno Doucey,

Eom Won-tae

Ces jours sous un drap blanc

Dans mon enfance
il m'est arrivé de voir la mort
Ce fut un instant inoubliable,
un événement Cela n'a duré qu'une seconde
Mais je peux me le rappeler clairement :
Un mort a été recouvert à la hâte d'un drap blanc

Après avoir passé des jours de rêve troublé
et de déchirement profond
je me suis soudain retrouvé à le constater :
Ma vie était déjà depuis longtemps
ensevelie sous un drap blanc…

Dans une région obscure, traduit du coréen par Kim Hyun-ja,

Alexis Bardini

Tu retournes la terre
Dans la majesté des gisants
Cet endroit très précis
Où la beauté marche d'un pas tremblant

Cette vie qui s'arrache
Au poids des morts
Au pied posé sur l'océan
Tu la dresses soudain
Et la portes plus haut
D'un bras léger qui agite le ciel

Poème inédit.

Emanuel Campo

Mormor[2]

À 1400 km d'ici on brûle aujourd'hui même
son corps. Nous allumons
une bougie pour l'occasion. Notre manière d'en être.

C'est ma première incinération à distance et je confirme

savoir qu'un corps n'est plus
crée l'état d'une présence
l'effet d'un objet qui tombe

Quelque chose m'échappe encore.

Poème inédit.

2 *Mormor* : terme suédois désignant la grand-mère maternelle. Littéralement, la mère de ma mère.

Arthur Scanu

Il commence à être tard
Et je crois que je viens de mourir

– Maman ?
– Maman !
– Oui ?
– Viens s'il te plaît viens dis-moi.
– Quoi ?
– Tu savais ?
Que les choses sont comme elles sont
Tu savais maman
En t'allongeant sous mon père
Que les choses sont comme elles sont
Maman
Tu savais Tu savais
Viens m'absorber
Que le jour se lève et qu'il se couche
Tous les jours ?
Viens
– Oui
– Tu savais bien que je découvrirais
En me couchant
Que le soleil se jette ?

Maman, je vais mourir.

Brigitte Baumié

Diagnostic

problème de prédiction
ou prédiction du problème
tu prends dans un sens
dans l'autre
problème de giratoire
de giratoire sans issue
issue du problème

la solution

à quel degré
quel angle de dissolution
prédire
l'absence de solution
pas de sortie au giratoire
suffit de pas
esthétique du diagnostic
à quoi tu penses ?
le dis de toi
tu
le dis sur toi
il
et autour
le dis de l'enfermement
du dis que
juste ça
la toute parole

qui enfonce ses ongles
le dis de quoi qui fait puissance
étouffement
le dis du problème
sans solution
tu dis que
il dit
que elle, eux, ils
présent figé
figé dans la réalisation de la prédiction
meurtre de l'avenir
image
mise dans l'album
par anticipation
meurtre du temps dans la profération prophétique
fermeture des écoutilles
sans retour possible
une image parfaitement nette occulte
la possibilité du flou
point

sans suspension

Poème inédit.

Maram al-Masri

Atifé

Mère : décédée
Père : Safar Ali
Âge : 16 ans
Pays : Iran
Profession : la mort ne l'a pas laissée travailler

Est-ce un crime
si mes pieds sont joyeux de toucher l'essence de la Terre
quand je danse ?

Est-ce un crime
si je découvre mes épaules
et laisse flotter mes cheveux ?

Est-ce un crime
de mettre du rouge à lèvres
et de dire que j'ai une bouche ?

Est-ce un crime
si je suis une fille
comme toutes les autres filles du monde ?

Si j'ai un corps
si je dors
si je chante
si je danse

si je peins
si j'écris
si j'ai des désirs
si j'aime ?

Est-ce un crime de vivre dans un pays
où on pend par le cou
la liberté ?

10

De grâce

Victoria Amelina

J'ai un fils, elle a un fils
avant la guerre elle en avait deux
moi je n'ai jamais eu qu'un fils

comment peut-on expliquer à quelqu'un
qu'elle a toujours deux fils
que celui qui a les yeux clairs n'est pas mort
chaque jour elle le met au monde en criant
mais ce cri est celui d'une femme, non d'un bébé
lui reste silencieux
bien qu'elle le mette chaque jour au monde

de son obscurité muette, il me regarde
et me supplie de lui venir en aide
mais elle est seule dans cette mise au monde
entre elle et moi désormais ne reste que le noir

parce que j'ai un fils et qu'elle a un fils
avant la guerre elle en avait deux
moi je n'ai jamais eu qu'un fils

comment peut-on expliquer à quelqu'un
qu'à nous deux, nous avons trois fils

Poème inédit, traduit de l'ukrainien par Ella Yevtouchenko et Bruno Doucey.

Carine Fernandez

La desgracia

Ceux qu'on emmène dans la nuit
À leur dernier réveil
Toussent
D'une toux
Qui leur arrache la gorge
Comme s'ils sentaient déjà
La garrotte

Raskayu
Quand tu mourras
Que feras-tu ?
Tu seras un cadavre
Rien de plus.
La chanson populaire
Du croque-mort amoureux
Lancine
Ceux qui restent
Tapis comme vermine
Aux encoignures des cachots.

Ceux qu'on emmène dans la nuit
Une dernière fois crient
Camarades adieu !
Ou
Vive la République !
Parce qu'ils ne risquent plus rien
Et sont désormais invincibles.

L'homme qu'on emmène dans la nuit
Est parti torse nu
Aux couloirs glacés de janvier
Tiens Miguelito
Où je vais je n'en ai plus besoin
Il s'est défait de son maillot de flanelle
Pour le donner au compagnon
Qui lui peut-être
Si le conseil de guerre Imbécile
Revient sur la peine capitale
Si la Parque Atropos se met en grève
Et refuse de couper le fil
Sera gracié.

Poème inédit.

Emmanuel Merle

Crier grâce

ne pas être entendu

supplier le bourreau
qu'il me délivre du mal
obtenir un sourire

je réclame l'éclair du coup de grâce
qu'on en finisse

on me laisse un filet de vie
ma souffrance est le plus beau des spectacles

avant que je meure
pour le bourreau
mon âme perdue est le plus grand des espoirs

souffrir jusqu'à la limite
mais ne pas mourir
ne pas recevoir le coup de grâce

crier
ne plus pouvoir crier
étancher la soif de souffrance du bourreau
être par la douleur la jouissance d'autrui

le bourreau et moi
deux faces d'une même humanité

tout dire tout avouer
trahir ceux que j'aimais
les livrer à la mort
pour que je sois délivré du mal

que je puisse à nouveau crier grâce
lécher la main du bourreau

dire et trahir
        pour que ma douleur cesse
dire et trahir
        et la perpétuer

seigneur bourreau
délivre-moi du mal

Poème inédit.

Reha Yunluel

règlement des salles d'exécution

☑ *chaises seringues cordes fusils boîtes de pilule*
doivent être remis dans leur configuration d'origine
à la fin d'exécution

la peine de mort
c'est le doute qu'on a de dieu
de quelque chose divine
sans doute si I/lle y croit
si tu si nous
sans aucun
un doute terrible
de sa justice éternelle
même si si I/lle y croit
même si tu le si nous

☑ *douilles casques câbles bon sens conscience*
doivent être déposés dans les poubelles
à la fin de chaque exécution

une impatience avide
rongeant son âme à lui/à elle
si I/lle y croit bien sûr bien
quel homme que celui-ci
quelle femme que celle-là

☑ *il est absolument interdit*
de grignoter siroter trinquer
dans la salle d'exécution

la vengeance est la rôtissoire
de la justice vite faite
prête-à-se réjouir
immédiate et terrestre

☑ *le matériel doit être respecté*
et les salles doivent être tenues
propres proprement propres

innocence probable
n'est qu'un détail
futile for intérieur

Merci !

La Direction

Poème inédit.

Sofía Karámpali Farhat

Pélagos

On m’avait dit que
Cet été serait différent, serait doux
Qu’il se dégusterait comme une île
À la petite cuillère

Moi je ne savais pas
Je croyais que tous les étés
Avaient le même goût
Celui des contrôles aux frontières
Des alphabets pliés dans la valise

γ	أ	l
ρ	ح	e
ά	ر	t
μ	ف	t
μ		r
α		e
τ		s
α		

Mais on m’avait dit que
Cet été serait différent, serait doux
Pourquoi pas, après tout

Les exilés ont aussi le droit à l’été

Alors,
J'ai fait ma valise encore une fois
J'ai plié mes mots encore une fois
Je suis partie encore une fois

Partir
Chaque lettre du mot partir est une saison dans mon cœur

Mais on m'avait dit que
Cet été serait différent, serait doux
Alors je suis partie
Différemment, doucement

Pélagos
Aller démonter les mers
Vague par vague
Semer des îles
Briser les frontières
Jouer avec l'exil
Dissoudre la géographie
Sur ma langue,

Faire fondre l'été

Poème inédit.

Dominique Chipot

Pas tranquilles

Voir la mer
dans ce tournant
puis plus rien

*

Marée au galop
dans le roulis des galets
le soleil en grains

*

Pas tranquilles
sur le sentier des douaniers
l'éclat de la lune

*

Le soleil radieux
il plonge dans la mer…
où périssent les migrants

Poèmes inédits.

Hélène Fresnel

Sur la route de l'Albanie
Corfou brûle, un bateau de migrants
a encore sombré
Mon père se rétablit
Je me demande
Et lorsque dieu sera guéri
que chaque main d'homme
aura lavé ses pieds immenses
caressé l'herbe des pays sans fleurs
et remplacé le feu par des lumières désarmées
Y aura-t-il encore des hommes ?
Ou notre grâce
aura-t-elle été de rester
soigner ses plaies sur terre
au lieu de les signer ?

Poème inédit.

11

Rendre grâce

Maria Mercé Marçal

Devise

Je rends grâce au hasard de ces trois dons :
être née femme, de basse classe, de nation opprimée.

Et de ce trouble azur d'être trois fois rebelle.

Trois fois rebelle, traduit du catalan par Annie Bats,

Stéphane Juranics

à Angèle
ma troisième grand-mère hongroise

vieille dame au fort accent de Puszta[2]
petite femme menue aux épaules assez frêles
pour supporter le poids de l'Histoire
les orages du siècle
le temps semblant glisser sur elle
comme la pluie sur le verre de ses lunettes
aux reflets d'embellie
seules les larmes et la suée des jours
ayant creusé ses joues
ridé ses mains
dans son regard se lisait l'épreuve d'exil vécu
la nostalgie muette d'un ailleurs au nom révolu
ultime témoin d'un monde
au souvenir emporté avec elle
je n'oublierai jamais son infinie tendresse
le vent soufflant sur son esprit de braise
ses doigts brodant la fumée de sa cigarette
sa cuisine aux saveurs millénaires
ni sa voix nomade habitée de foudre
voix émue me disant au téléphone
le jour de ses cent ans
« je suis vieille »

2 Steppe de l'est de la Hongrie.

« je ne sais pas combien de temps cela va encore durer »
son départ quelques heures après
comme si elle avait attendu ce dernier appel
pour aller rejoindre l'invisible steppe l'âme en paix

Poème inédit.

Sandrine Malika Charlemagne

Ô toi, je te connais seulement par des images
Toi qui m'appelles comme la tempête fait se disperser les oiseaux
Oh toi, mon pays, tu seras mon étreinte inoubliable
Celle qu'on espérait depuis longtemps en secret
Une caresse sous un feu brûlant
Tes sens à fleur de peau éveillés à en mourir
Et vous, ô mères des traditions ancestrales
Vous qui bercez si bien vos enfants
Mères des sacrifices et de l'abandon
À quand la gloire de votre pays immense ?

Dimitri Porcu

Mamma dreadlocks
(Extrait)

Retour à l'amour
Aux mères déesses
Aux femmes
Guidés par vos îles étoilées
Par la Dea-Madre
Par la Pachamama
Et un saint au souffle et peau d'Afrique
Antioco

Une pour tous
Toutes pour un
Le peuple des vivants
Vous doit reconnaissance
Vous doit à son tour rendre grâce éternelle

Mamma dreadlocks
Pour rester loin de la horde
Loin de la meute
Hors de portée
Pour nos frères d'avant
Et mes frères d'aujourd'hui
Mamma dreadlocks
À toi
À vous
Au frère cheyenne Lance Henson
Qui me baptisa au rituel de la tresse d'orge

Brûlée sur une montagne à Gardanne il y a longtemps
J'avais dix-huit ans
Qui baptisa mon fils
Et ta maison vidée du corps de l'aimé
Mamma dreadlocks
Pour tous les fils de leurs mères
Pour mes frères sénégalais musiciens
Super Griots rencontrés à Lampedusa
Et leurs pulsations-vies
Macisse Vieira
Mamadou Mboup
Pour mes frères kanak
Et leurs cris-poèmes
Paul Wamo
Denis Pourawa
Pour les frères haïtiens
Et leurs cris-sagesse
Jean d'Amérique
Rodney Saint-Éloi
Woklo-Stephane Saintil
Pour les frères sardes
Et leurs voix-sirocco
Les frères de la côte
Les pirates aux yeux ouverts
Sergio Atzeni
Giacomo Casti
Franz Scanu
Pour tous les insulaires
Aux attaches nomades
Pour la mémoire du monde
Jusqu'au souffle des autres

Pour
Les enfants des mers

Mamma dreadlocks
Une-One love
Don’t woman humanity no cry

Poème inédit.

Thierry Renard

À la mémoire de Christian Bobin

J'ai perdu un ami
qui lisait dans les yeux des enfants
et qui était aussi l'ami des oiseaux
des arbres des brins d'herbe
des feuilles d'automne
des cailloux des chemins

J'ai perdu un ami solitaire marchant
au milieu des forêts au bord des rivières
un ami pour qui le temps semblait
le plus souvent suspendu
un ami qui évidemment se tenait
à l'écart des bruits du monde
des passants un peu trop pressés
et des esprits malveillants

J'ai perdu un ami qui aimait autant
les petites choses de la vie ordinaire
que les livres des bibliothèques
J'ai perdu un ami qui prétendait
ne rien désirer ne rien savoir
mais qui pourtant connaissait
bien mieux que quiconque
la longue chevelure des femmes
et la couleur changeante des saisons

J'ai perdu un ami qui dansait sur l'eau
qui chantait en silence le soir à la veillée
parmi de vieilles ombres et des fantômes
qui disait les choses sans les dire
et dont les paroles les plus hautes
étaient plus légères qu'une plume
un ami de la pluie du soleil et du vent

J'ai perdu un ami qui avait appris
à lire dans le cœur des mortels
et dont pourtant chacun des mots
d'un coup de baguette magique
pouvait rendre toute chose immortelle
un ami encore dont le rire était contagieux

J'ai perdu un ami qui me reconnaîtra.

Didier Cahen

L'état de grâce

Pour accompagner *Les Solitudes* d'André Velter

Ô combien de voyages, cher Ami, combien de sublimes compagnies pour épauler ces Solitudes… On vous suit, on vous voit parcourir avec des élans infinis les innombrables versants du vide, dresser les mots en conservant la sauvagerie de la phrase pour répondre aux échos de l'abîme, multiplier ainsi l'*appel des solitudes*. Ces traversées infinies composent une autre vie et nous font entrevoir les mondes que nous habitons sans le savoir, les cieux que l'on traverse avec une certaine gourmandise mais pas impunément. Quel effort pour tutoyer l'impossible, multiplier les dérives qui nous embarquent dans plus de continents que les géographies du ciel et de la terre n'en contiendront jamais ; l'ivresse, certes, celle des grands larges mais aussi les vestiges de la neige et de la nuit. Et puis d'abord, une intense leçon de liberté quand « l'infini » se donne pour ce qu'il est, contenu en sa réserve, reste imprenable, inabordable mais « à portée de la main ». Comment ne pas se rappeler ces mots d'Edmond Jabès : « Être en état de grâce, c'est souvent perdre son chemin, le chemin habituel, pour en suivre de plus secrets, de plus mystérieux »

Oui, la confrontation avec Góngora, toute amicale, amoureuse, sévère et désirante, porte les fruits d'une sorte d'élévation. On comprend mieux qu'ainsi vienne l'heure de tous les dangers, quand la main, la voix et le souffle donnent corps à l'arrière-cour de ce « Néant suprême » et nous déposent à distance de nous-même, au plus profond de notre incondition : cette remontée aux origines du temps, de la parole trouve son étrange terrain, non balisé, non repérable, dans les sables mouvants de cet « imperceptible » qui nous habite et que le livre nomme avec une simplicité absolue : le cœur… ou le désir. Pas de coïncidence ! Ni hasard, ni superposition : la dispense de l'ailleurs. Ou la grâce retirée dans les marges du désert. Reste la place des éléments, dans leur pureté ; reste la partition d'une chimie essentielle. Le tour est joué, on accompagne avec plaisir, avec envie le « fils des solitudes » comme si, par chance ou par nécessité, nous étions nous aussi guidés par je ne sais quel insondable égaré, heureusement, fatalement né sous une « bonne étoile ». Navigations, musiques, escales sont les espaces choisis, comme les lieux électifs de cette rencontre à peine imaginable ; on fête ce très beau tour du monde qui passe par l'infini des mers ou l'immensurable des déserts et qui, a fortiori, jamais ne trouve de point d'ancrage. Que dire alors de ce clin d'œil magique lorsque Le Livre nous ouvre son angle mort, lorsque la parole verticale jugule le dessin du vertige, nous permet de percevoir ce qui s'écrit en lettres dégrisées dans le dos de ce *dieu* minuscule, italique… Alors, que *le croisement des solitudes* finisse par des chansons, que les chansons préparent au Chant qui s'est, en vérité, élevé dès l'aube, avant la couverture du livre, voilà qui dit la vérité de l'homme, et d'abord la réalité imprégnée du poème. Voilà à son plus haut degré d'incandescence la grâce presque irréelle du verbe conjugué, celle qui nous emporte avec une obstination déchirante très au-delà de nous-même.

Texte inédit.

Philippe Berthaut

Grâce Kelly

et la grâce plus belle encore que la beauté
La Fontaine « Adonis »

Jamais au grand jamais
Grâce chapeautée ou non
n'eut à apparaître seule
sauf pour demander pitié.

Et c'est ainsi qu'à ta suite
Grâce jaillit Kelly
de je ne sais quel rêve enfoui.

Grace Grace Kelly
Kelly stoire
que de porter à la porte de ton nom
l'éclat que le soleil lance contre une fenêtre sur cour

Grace Grace Kelly
Quelle histoire
en ce nom une princesse attend
sa métamorphose.

Le mot Grace (chapeauté ou non)
fut inventé pour naître
de ton visage.

Grace Grace Kelly
Kelly stoire si belle histoire qui se clôt
en une émeraude tragique.

Grace Grace Kelly re
Que lire en cette cage de lettres
Grace Grace que lire ?
en cette gare de ton prénom où le train
sifflera toujours ?

Pour te glorifier, mon poème
mon poème presque parfait

trouvera-t-il grâce (chapeauté ou non) aux yeux de qui le lira ?

Poème inédit.

Roja Chamankar

Adaptation

Oublions la guerre
Tu es *Macadam Cowboy*
Ici c'est le Texas
Et demain on annoncera
Ta nomination aux Oscars
Cher Dustin Hoffman !

Regarde !
Les bulldozers !
Ils ont nettoyé la terre de sa mauvaise conscience
Les rais de lumière de la vie
Éclairent mes paupières

Pourquoi ne pas être Al Pacino pour un temps
Ce ne sera pas un grand détournement
Tu n'es pas un anti héros
Rien qu'un simple héros
Avec un cœur de moineau

Une autre fois
Pour avoir dévalisé une banque
Dans *Un après-midi de chien*
Toute l'assistance se met debout
Tu entends ?
Ce n'est pas le bruit des bombes
C'est l'acclamation incessante du public

Oublions la guerre !
Tu es tué pour *sauver le soldat Ryan*
Bientôt tu reviendras vivant de la mort
Viva Zapata !
Tu n'as qu'à rire de nouveau
Et à monter les marches
Remercier tes parents
Pour leur effort
Ce ruisseau de sang
N'est qu'un tapis rouge
Toi
Meilleur acteur de premier rôle
Oublie que tu es mort

Vive la vie !
Adaptée d'un film réel

Dans ma chevelure, traduit du persan (Iran) par Farideh Rava,

Jean-Pierre Siméon

Grâces ultimes

Nous ne saurons jamais ce que voulaient de nous
La terre ni ce bleu infini qui la retient
Comme un visage le miroir
De qui l'aventure humaine sera-t-elle le souvenir ?
De quoi la trace déchirée ?
Oh je sais la question aussi vaine
Qu'un clou planté dans l'eau
Mieux vaut parler peut-être
Du repas de demain ou
Du vieillissement du jour à la terrasse puis
Lacer ses chaussures et descendre au jardin
Et pourtant
L'homme n'existe
Que de tenir tout entier dans la question
Nous ne saurons jamais pourquoi
Toucher des lèvres de ses lèvres
Ou un cœur du regard
Est de siècle en siècle
La seule vérité qui tienne
Comme toujours revient comme une grâce
La fleur mille fois piétinée
Je crois à la renoncule du baiser
Qui pousse sur tous les morts amassés
Sur toutes les ruines humaines
Je crois que l'homme a un avenir
S'il avance en toutes choses désormais
Comme en s'excusant

homme avec un h minuscule
Qui tiendrait le ruisseau l'orange la renoncule
Pour des grâces ultimes

Poème inédit.

Murielle Szac

Le cri d'Antigone

Sanctuaire de son cri

je n'en finis pas de prier
la tendre et inflexible
qui à ses frères
offrit un nid
et déchira en lambeaux
ce qu'elle aimait par-dessus tout
    la vie

à la vie elle offrit son cri
    de démente
le cri de la mendiante
son cri de résistante
non
jamais
ne pas renoncer
ne pas

sous la pierre
ensevelie
avant que la terre n'étouffe son cri
elle nous a dit
    debout
    restez toujours debout

j'ai promis d'essayer

et du plus loin qu'il me souvienne
je hisse
sa robe blanche maculée de liberté
phare
étendard
voile déployée
            pour mes odyssées

Poème inédit.

12

Gracias a la vida !

Ceija Stojka

À mes enfants petits-enfants et petits-petits-petits-petits-enfants
et aussi à ceux que ma mère a mis au monde

J'ai vécu ma vie avec vous et j'étais moi-même encore une enfant
c'est la raison pour laquelle j'ai aussi tout vécu avec vous

Nous avons ri ensemble nous avons pleuré ensemble
Nous avons partagé chaque souffrance aussi ensemble
Nous avons partagé chaque morceau de pain ensemble
Nous sommes très fortement enracinés ensemble
Nous avons quand même aimé la vie ensemble
Nous avons fait de la musique et chanté ensemble
Nous avons atteint la maturité de la vie ensemble
Nous avons même dû porter la haine ensemble
Nous avons aussi beaucoup vieilli ensemble
Nous aimons le ciel et les étoiles ensemble
Nous aimons les arbres l'herbe oui la nature ensemble
Nous aimons le soleil la lune ensemble
Nous aimons la pluie la rosée la mer ensemble
Nous n'avions pas de maison pour nous ensemble
Nous avons perdu beaucoup de gens de la famille ensemble
Et pourtant nous sommes et avons été heureux ensemble
Pensez toujours aussi à ceci à cela ensemble
Quoi qu'il arrive nous aimons le bon Dieu et Marie ensemble
Un jour je vous quitterai nous ne serons plus ensemble
Donc ne faites pas de bêtises tous ensemble
Et prenez soin de vous comme autrefois quand on était ensemble
Là-bas je ne serai pas seule non plus
Dans l'au-delà je serai avec nos ancêtres ensemble

Vous tous je vous aime tels que vous êtes ensemble
Apportez alors des fleurs des myosotis et cela aussi ensemble
Car ensemble nous avons appris à vivre la vie
Oui je sais vous direz maman écoute ce n'était pas comme ça
La vie pourtant avec les miens a été magnifique
Et c'était comme ça et une chose encore
J'avais seize dix-huit vingt-deux ans quand je vous ai mis au monde
Ne croyez pas que vous soyez si jeunes
Vous allez aussi bientôt me rejoindre
Eicha maman mamie votre sœur Ceija

Aurora Vélez

Un bébé qui s'endort dans tes bras
Les lois bancales de la physique pour comprendre
si l'univers est en expansion ou s'il va s'éteindre
La côte et sa houle d'herbe, d'amour et d'embruns
Les bourgeons au printemps
Les chansons dans la cuisine quand on prépare un dessert
Deviner le moment de la gestation juste après l'amour
Les langues et leurs différents manteaux invisibles
Les amitiés qui vieillissent avec nous
Les pirouettes, la danse, la musique, la peinture
Un chocolat chaud onctueux sur la Via Layetana
Improviser des matelas pour ceux qui restent dormir
Le lit qui nous berce en l'absence d'autres caresses
L'émotion et le verbe, l'émotion révolue et celle qui adviendra avant
de fermer les cercles, avant que les vibrations n'ouvrent d'autres
dimensions dans lesquelles nous n'écrirons plus.
L'écriture parce qu'elle nous montre le chemin.

Poème inédit.

Marc Porcu

Un ancien vers

(Extrait)

Rendons grâce aux mots
comme aux miroirs
d'avoir cédé à un murmure
où la voix naît d'un autre
à l'initiale du poème.

Grâce aussi aux yeux
pour l'éveil des signes dans la pierre
pour l'horizon du silence
pour la lumière des lampes
au bord des précipices
pour les morts
et leur histoire
sans parole
requiem épique des chevaux de brume lente
une longue nuit les baigne
où veillent d'autres yeux
sous la lampe
près des statues
dans les jardins.
Larmes rosée étoiles plaies de l'arbre

autant de traces
d'une beauté

accessible

au long des murs qui s'écroulent
des phrases qui se perdent.

Grâce aux bêtes
d'habiter les terres sans nom
d'offrir au sang leur fourrure

elles ignorent ce rêve
d'une mort enclose en notre moi
au tombeau de l'ego
sculpté dans les falaises

Grâce aux bêtes
de garder les hauts plateaux du songe
d'être parfois l'encolure des nuages.

Grâce à l'enfant
qui pacifie la lumière des puits
où la lune projette le hurlement du sacré.

Grâce au corps
à l'alchimie des éléments
aux saisons du sang
à la calligraphie des rides
à l'océan de nos mains
aux marées de leurs ailes ascendantes
à l'amour
à l'acte même érigé en source
dans l'au-delà des métaphores
dans le présent de toute offrande.

Grâce au sable
pour l'or d'un prénom qui poudroie
au delta de ses lettres
à l'écorce
pour l'entaille à jamais vive
d'un nom
au cœur de l'arbre élu par la foudre
de l'insatiable.

Grâce au poème
pour le visage unique
pour sa beauté
sans cesse envisagée.

Esquisses et masques pour un visage unique, L'Arbre à paroles, 1995.

David Giannoni

Il se demandait par quoi
En ce chaud matin de juillet
Par quoi oui par quoi il pouvait
Aux premiers rayons fermes
De l'astre qui chevauchait les collines
Par quoi il se demandait
Il pouvait être touché
Quoi d'autre

Et ce chant d'un moineau venu picorer
Le bol qu'il avait préparé toute une nuit
Graines semences qui portaient
La fraîcheur de toute une nuit
Se faisaient plus sèches au rougeoiement
Prêtes enfin à être consommées
Se faire nourriture du plus petit

Par quoi d'autre être touché il se disait
Par quoi d'autre
Par quoi

Le moineau du bout du bout du bec
Honorait l'offrande
Avec modération
Il leva son immense petite tête
Fixa l'humain en l'autre dans les yeux
Ce regard pouvait dire

Je suis cela que tu vois
Et aussi autre chose
Toute chose en vérité
Que tu pourrais espérer
Ce qui te touche en cet instant
Tu le sais
Est la même et identique
De ce qui m'effleure au naître de cette journée
Toi et moi sommes absolument différents
Et pourtant ce bol ce geste nous unissent
Toi qui l'as préparé
Moi qui le consomme
Et me fais plus grand avec lui
Mon langage est à la mesure
De ce que mon corps me permet
C'est ainsi
Que je te dis
Merci

L'humain sourit
Il se demandait ce que pouvaient bien vouloir dire
Tous ces pépiements et ce chant
Et cette manière étrange
Qu'avait le moineau de le fixer

Au creux de ses épaules
Une douleur
Une pointe d'abord
Double pointe
Plus forte ensuite
Un cri finalement lui arrachèrent
Deux grandes ailes qui en jaillirent

Touché
Il était touché
Et avec son nouvel ami
Alors
Il put
S'envoler

Poème inédit.

Carl Norac

Au temps de la grâce promise

Nous sommes encore au temps de la grâce promise et nous lissons la langue pour qu'elle saigne ou s'éploie entre les lignes. Le monde est gorgé de suc, le vent de chair : nous restons unis en nos dialectiques, ne pouvant choisir ce qui, du désir ou du hasard, doit nous instiller la beauté. Cependant, nous sommes là, n'invoquant rien que les mots que nous traçons, qui ont parfois des silences empesés, mais aussi des revers qui chantent. Sans avoir l'élégance d'une vague, nous ne confions pas nos remugles à la mer. Nous conversons à peu d'écumes. Notre avenir devient ce mince pincement du vent quand il peut se muer en une phrase ou un suspens.

La nuit parfois ne vient pas. Elle reste à distance : simple toison, flamme contrariée ou grimace.

Elle ressemble à une danse où le jour demeurerait, sous une lune trop rouge, cette créature, ce fauve en un cercle de feu soudain étendu négligemment derrière un sarcasme.

Nous reste alors, pour seul recours, ce léger tremblement de vivre qui réclame toujours sa lueur.

Voici longtemps que j'entends, dans le jardin, les roses se taire. Le silence ne s'embarrasse d'aucune de ses épines, ni ne s'en parfume. Nous atteignons ce retrait de la tension qui convoque une harmonie jamais éprise d'elle-même. Pétales sont nos lèvres en voie d'invisibilité jusqu'à, soudain, la volupté de ne plus rien cueillir.

Nous cherchons la beauté dans les failles, les interstices, les contre-jours. Nous heurtons des formes imprécises que nous rêvons de ramener, sans plus d'offrande ni de prédation, vers la langue.

Nulle rondeur, rien qui force vers l'aigu, seulement la grâce happée un court moment, sa césure, et loin de toute entaille, la brève couture d'une parole dans un paysage longtemps muet.

Nous ne sommes plus au monde par défaut tant que nous cherchons encore la beauté dans les failles. Le visage moins pâle de l'ardeur, nous le retrouverons.

Nous savons bien que tout est mortel en nous, sauf nos regards.

Texte inédit.

Patrick Dubost

36 mercis (+1)
comme 36 chandelles (+1)
sous un ciel étoilé
(Extrait)

20

Merci aux étoiles filantes
    qui ont tant à dire
    qu'elles ne s'attardent pas.
Merci au clocher de l'église
    qui organise au fil de la nuit
    la rotation de la voûte céleste
    autour de l'axe qu'il forme
    avec l'étoile polaire.
Merci à la chouette
    qui enregistre tout
    depuis le clocher de l'église
    & n'ouvrira sa phonothèque
    qu'après la fin des temps.
Merci au ver de terre
    qui fait tout sans queue ni tête
    & creuse jour après jour
    les galeries de sa bibliothèque.
Merci à la chouette
    de ne pas manger ce jour
    notre ami le ver de terre.

Albane Gellé

Abécédaire de vive gratitude
(Extraits)

Merci aux insomnies inspirées, aux images d'Épinal, à ici exactement, à l'invisible, infini et intérieur, à l'infini, intérieur et invisible, à l'intérieur, invisible et infini, merci aux imaginaires débridés, à l'inflexion chantante des voix du sud, aux interruptions momentanées, aux indisciplinés, aux intrépides, aux introuvables, merci aux intestins, aux interprètes, aux interphones, aux interlignes, aux instrumentistes, merci aux insaisissables, aux inoubliables, aux inimitables, aux inoffensifs, à l'infinité des solutions

Merci aux jardins suspendus, aux jardins potagers, aux jardins créatifs, fleuris, botaniques, merci aux jungiens, aux jupitériens, au jus de tomate, au jus de citron, aux jurys bienveillants, aux juristes épicuriens, aux jouets usés, aux jeux de quilles, aux jachères, aux jongleurs de mots, aux jupes légères, aux joueurs de flûtes

Imasango

Pour la grâce du monde

Les cycles cheminant brodent la fraternité à nos portes
où des paupières visionnaires passent la vie à gué
greffant aux sentes de l'aube devenue main tendue
la parure d'un souffle guettant le jour

transhumant du passé à mes pieds nus s'active le présent
écho des oasis clamant le brasier de mon âme
le multiple surgit de contrées en attente d'unité recouvrée
où la lumière refuse la soumission

nous accueillons le vertige assumé louant l'aisance d'aimer
matant les vanités asservies aux errances apeurées
nous bouturons l'envol de plénitude dessillant les ténèbres
pour la grâce du monde et la vérité du quotidien

Sylvie-E. Saliceti

La grenade

Tu es là ! Ce long voyage pour te rencontrer, et tu es venu ! J'ai marché si longtemps, je suis passé par les villages de romanceros, sur les routes en lacets au flanc des vallons au-dessus d'Alfacar, depuis la Huerta de San Vicente où taillis et ronces sont mouchetés de rouge et de noir, jusqu'à Fuente Vaqueros piquetée du parme des baies au printemps, par les bois de chênes et de hêtres, au bord du fleuve planté de figuiers, descendant par le Mirador San Nicolas jusque dans Grenade dont l'ombre des arbres grenat, quand elle s'étend sur le voyageur, semble le faire entrer dans la ville avec un oiseau sur l'épaule.

Sous un grenadier de l'Alhambra, tu es là ! Comme éclairé par les branches aussi rouges que des flammes, je te vois enfin Sohrâb ! En une vision parfois un homme voit toute sa vie. Dans cet instant si pleinement présent, il est ensoleillé pour toujours. Où qu'il aille désormais, il se révèle. On le découvre. Le bienheureux !

Bruissement dans les arbres, un oiseau picore une grenade sur la branche. Nous voilà assis autour de toi. Nous formons un cercle, au bord d'un bassin arrosé par les cordillères enneigées d'Andalousie, dans le jardin des princes Nasrides. Le cœur est un jardin, mais il arrive qu'il soit un désert. Entre le jardin et le désert, l'écart ne se mesure pas par l'eau mais par l'homme, c'est-à-dire par la parole. Parle Sohrâb ! Tes mots nous lavent des pieds à la tête ! Parle comme la pluie dans les arbres ! Même si tes phrases tombent sans que je les ramasse, parle-nous de la grâce, Sohrâb.

– Il existe la possibilité d'une grâce, comme il existe la possibilité de ces petites îles au milieu de la mer. Entre le ciel et l'eau, elles surgissent par surprise. La grâce, c'est la beauté qui arrive sans prévenir, à la façon du bonheur quand il nous attrape, en embuscade. N'importe où, n'importe quand, la grâce survient et change l'ordre du monde. Imprévisible et fugace, la grâce est le don des oiseaux et de la poésie. Lorsque votre pesanteur vous sera devenue légère, vous pourrez écrire à la manière du vent dans les arbres. La noirceur, la bêtise crasse du monde, vos phrases les blanchiront de leurs flocons. Car la grâce est la neige, et le chant de l'oiseau sur le champ de bataille.

Pour illuminer la nuit, choisissez un mot, un nom, une expression, par exemple sépulcres de Foscolo, cigogne de Primachenko, carnets de Voronej. Tout à coup, la poésie se réduit à cela. Tout se résume en un seul mot qui vaut la parole tout entière. Aussi bien, l'essentiel de nos vies se condense-t-il dans une seule intention. Un verre d'eau, une pomme volée par plus pauvre que moi, un coup de poignard. Et chaque violence verbale signe une atteinte si profonde qu'elle se cristallise dans le corps, physiquement, de celui qui est offensé.

Chaque chose, petite et grande, qui nous est donnée est toujours une parole, y compris les cadeaux sous forme d'objets, qui parlent à leur façon. La pierre parle de nudité. La lune raconte les ombres. Les dentelles de grappes mûres et de baies rouges disent des mots bienheureux. Un simple regard, une pensée ouvrent un dialogue. Le paysage, la nature, ces montagnes, ces îles vues du ciel qui flottent comme un bouchon de liège à la surface des flots, tous racontent un récit.

Dieu existe dans le texte pour nous dire ceci : vous êtes assez forts pour vous priver de moi mais pas de la bonté. Or la bonté la plus juste – la petite bonté sans aucun témoin – est une parole. Avec trois fois rien en poche – du pain, une grenade et un livre – donnez quelque chose qui entre dans le cœur. C'est le plus beau cadeau, et c'est toujours votre voix qui offre ce quelque chose qui ne meurt pas.

Nous sommes ici ensemble, dans la ville qui s'éteint au bord du fleuve Tartessos. Ce que je vous livre là est le chant profond du Duende ou du Cante Jondo. C'est la voix de l'érudit et du mystère grec. Ce ne sont que des phrases, mais toutes demandent qu'on les écoute. Toutes recèlent un mystère. Les laves du Vésuve, les 317 derniers vers de Leopardi, les ajoncs ocres qui poussent dit-on, sur les pentes de Pompéi, les fruits de Perséphone venus des Enfers, la lande brûlante de Dante Alighieri. Tous ces émerveillements attendent d'être dits et partagés.

Voyez cette grenade ouverte sur le coin de table, avec sa croûte coriace, craquelée, dont l'intérieur peuplé d'arilles est divisé en loges à la pulpe rouge, douce, aigre. L'esprit de la grâce poétique se trouve exactement là, dans cette chair fendue à l'intérieur de la cosse. J'ouvre cette grenade, et en train de détacher ses graines, je vous dis qu'il serait bon que les graines soient visibles aussi dans le cœur des gens.

Tout ce que je possède tient dans ce mot : poésie. Elle est ce que j'aime le plus au monde. Je ne la justifie pas. Et si vraiment je devais m'en séparer, tenez : je vous la donne. Prenez ! On ne négocie pas ses passions. On ne vend pas son ombre.

Haute-Corse, 25 septembre 2023.

Texte inédit.

Michel Baglin

Merci à la vie

Gracias a la vida[3], merci à la vie, à la douceur des peaux émues, aux remous des eaux du cœur,

à la fleur qui s'ouvre et s'offre à l'envi, aux ivresses de jasmin, à la goutte qui perle au feuillage du matin.

Mais qui nous dira comment chanter la mer qu'on asphyxie, la forêt qu'on déboise, la rivière qui pue ?

Merci au mimosa citron qui nous enneige de lumière, nous offre le soleil en flocons,

aux pluies neuves des printemps lavant les ciels et les collines.

Merci aux arbres qui s'échinent à nous enseigner l'élan vital des verticales et des épanouissements.

Mais qui dira les bouteilles d'urine sur le bord des routes, dans les fossés, jetées des camions dans le maelstrom du grand marché mondialisé ?

Merci à l'alternance des jours et au balancier des saisons,

au métissage qui nous préserve de cloner nos vies et nos envies.

Merci au sexe qui nous aimante, à l'amitié qui ouvre les voies libres par où échapper à soi-même et à l'enfermement.

Mais qui chantera le communautarisme, les crocs de la meute, les haines tribales, l'horreur des clans ?

Merci aux livres qui font devenir citoyens du monde sans cesser d'être de son village, de sa langue, de ses paysages.

Merci aux paroles qui nous ancrent dans le terreau de nos vies, aux poèmes qui nous inventent l'envol et l'au-delà des mots.

Mais qui chantera les livres pieux propageant l'incendie, les promesses sanglantes des enragés de l'utopie ?

Merci aux pierres, aux herbes, aux bêtes d'exister dans le silence picoré d'oiseaux.

Merci aux senteurs de terre humide, au vent d'orage, à sa chaude haleine, à l'automne et à ses tièdes apaisements.

Mais qui remerciera-t-on d'être ces humains esseulés dans un monde indifférent,

au cœur travaillé par le besoin du partage, le goût de comprendre et d'être ensemble,

le désir d'un peu de sens commun ?

Seilh, septembre 2018

3 Titre d'une chanson de Violeta Parra, reprise par Mercedes Sosa, mais aussi par Joan Baez et Colette Magny.

Notices biographiques

Garous Abdolmalekian (né en 1980)
Né à Téhéran, où il vit toujours aujourd'hui, ce poète, auteur de nombreux recueils, enseigne les styles et les courants de la poésie dans différents centres d'éducation. Il est aussi responsable éditorial pour la poésie dans plusieurs maisons d'édition. En 2012, les Éditions Bruno Doucey publient *Nos poings sous la table*, puis, en 2023, *J'écris blessure*. Ses poèmes ont été traduits dans de nombreuses langues, notamment en anglais, avec un recueil paru aux éditions Penguin en 2020.

Olivier Adam (né en 1974)
Depuis son premier roman, *Je vais bien, ne t'en fais pas*, paru en 2000, il s'est imposé comme l'une des voix majeures de la littérature française. À travers ses romans et ses livres jeunesse, il s'attache à dépeindre les blessures intimes et sociales, les fissures qui se creusent entre les êtres et ces infimes mouvements du cœur qui font danser la vie. *Personne n'a besoin de savoir*, son premier recueil de poésie, est paru en 2023 aux Éditions Bruno Doucey.

Maram al-Masri (née en 1962)
Née en Syrie, elle entreprend des études à Damas, avant de s'exiler à Paris où elle connaît une situation difficile. En 2003, *Cerise rouge sur carrelage blanc* la révèle au public francophone. Sa poésie, saluée par la critique des pays arabes et traduite dans de nombreuses langues, fait d'elle une des grandes voix féminines du Moyen-Orient. Elle a publié de nombreux recueils aux Éditions Bruno Doucey, dont récemment *Les Âmes aux pieds nus* (nouvelle édition, 2023).

Victoria Amelina (1986-2023)
Cette écrivaine ukrainienne, née à Lviv, émigre au Canada durant son adolescence avant de revenir vivre en Ukraine. En 2022, à la suite de l'invasion du 24 février, elle interrompt l'écriture d'œuvres de fiction, exception faite de la poésie, pour se consacrer à la documentation des crimes de guerre russes. Elle meurt le 1er juillet 2023, après avoir été touchée par une frappe de missile russe sur un restaurant de Kramatorsk. Elle restera à jamais une « combattante pour la vérité ».

Guillaume Apollinaire (1880-1918)
Né à Rome, Guillaume Apollinaire est considéré comme l'un des poètes français les plus importants du début du XXe siècle. Il est l'auteur de poèmes tels que « Zone », « La Chanson du mal-aimé », « Le Pont Mirabeau », ayant fait l'objet de plusieurs adaptations en chanson. Il fut le chantre de nombreuses avant-gardes artistiques de son temps, notamment du cubisme. Il meurt à Paris en novembre 1918 de la grippe espagnole.

Katerina Apostolopoulou (née en 1981)
Née à Volos, en Grèce, elle effectue des études de lettres et de civilisation françaises à Athènes, avant de se rendre en France où elle vit encore aujourd'hui. Elle se tourne alors vers la traduction et le théâtre. Avec *J'ai vu Sisyphe heureux*, elle publie son pre-

mier recueil, livre récompensé par la Pépite Fiction Ados du Salon du livre et de la presse jeunesse – France Télévisions, ainsi que par le prix René-Leynaud 2021.

Michel Baglin (1950-2019)
Né à Nogent-sur-Marne, il a vécu à Toulouse la plus grande partie de son existence. Il a été journaliste à La Dépêche du Midi et le fondateur de la revue en ligne Texture, où il a chroniqué les ouvrages qu'il aimait. Il est l'auteur d'une vingtaine d'ouvrages, à la croisée des genres (récit, nouvelles, théâtre, poésie), où les petits bonheurs, comme « l'éclair d'un sourire dans une file d'attente », s'imposent naturellement. *Les mots nous manquent* (Rhubarbe, 2019) est son dernier recueil.

Alexis Bardini (né en 1975)
De son vrai nom, Sébastien Minaux. Né en Picardie, d'une mère italienne et d'un père français, il vit et travaille à La Rochelle. Son premier recueil, *Fragments de nuit*, est paru aux éditions Encres Vives en 2017. Après *Ombries*, en 2020, son troisième recueil, il récidive chez Gallimard avec *Une épiphanie* (2021), sous le pseudonyme d'Alexis Bardini. Ses poèmes font régulièrement l'objet de publications en revues.

Samantha Barendson (née en 1976)
Autrice franco-italo-argentine, née en Espagne. Elle vit maintenant à Lyon où elle collabore régulièrement avec d'autres artistes, musiciens et illustrateurs. Elle aime particulièrement déclamer, hurler ou chanter ses textes sur scène, un peu frustrée de n'être pas devenue une chanteuse de tango. Parmi ses ouvrages les plus récents : *50*, avec Estelle Fenzy (La Boucherie Littéraire, 2022) ; *Virgule* (Éditions de L'Attente, 2023) ; *Textes épars* (Le chat polaire, 2023).

Stéphane Bataillon (né en 1975)
Poète et journaliste, il fait paraître en 2010 son premier recueil aux Éditions Bruno Doucey, *Où nos ombres s'épousent*, livre salué comme l'une des révélations poétiques de l'année. Ensuite, seront publiés chez le même éditeur les ouvrages suivants : *Les Terres rares*, 2013 ; *Contre la nuit*, 2019 et *Permettre aux étoiles* en 2024. Il a cofondé la revue de poésie Gustave Junior, qui s'attache à faire découvrir la création poétique contemporaine aux plus jeunes.

Gilles Baudry (né en 1948)
Originaire de Nantes, Gilles Baudry vit une enfance rurale. Après un premier cycle d'études au Grand Séminaire de Nantes, il fait son service militaire à Tübingen, puis entre à l'abbaye de Landévennec, dans le Finistère. Poète et moine, ses écrits ont été traduits dans plusieurs langues. Parmi ses dernières parutions : *Les questions innocentes* (L'œil ébloui, 2019), *Il a neigé tant de silence* suivi d'*Invisible ordinaire* (Éditions Rougerie, 2021).

Brigitte Baumié (née en 1958)
Malentendante et musicienne, elle considère que sa poésie et sa musique s'écoutent et se regardent, avec des poèmes écrits en langue des signes et des spectacles bilingues. Depuis 2008, avec l'association Arts Résonances, elle impulse un travail de recherche sur la traduction poétique de la langue des signes. On lui doit la première anthologie de poésie publiée en langue des

signes française : *Les mains fertiles, 50 poètes en langue des signes* (Éditions Bruno Doucey, 2015).

Gioconda Belli (née en 1948)
C'est avec cette romancière et poétesse, née à Granada au Nicaragua, que débute véritablement le mouvement de rébellion poétique impulsé par les femmes au début des années 1970. La poésie de cette figure emblématique de la culture nicaraguayenne, très connue en Amérique latine, est placée sous le signe de l'amour, de l'érotisme, du féminisme et de l'engagement politique. Parmi ses ouvrages, *Línea de fuego* (1978), *De la costilla de Eva* (1987), *Apogeo* (1997).

Nawel Ben Kraïem (née en 1988)
De cette artiste franco-tunisienne, le public connaît la voix grave et métissée, ainsi que les albums qui ont rencontré un franc succès : *Mama Please* (2009), *Navigue* (2016), *Méditerranéennes* (2017), *Par mon nom* (2019), *Délivrance* (2020). Avec *J'abrite un secret*, paru en 2021 aux Éditions Bruno Doucey, elle signe son premier recueil, dont elle tire un spectacle musical et un album : *Je chante un secret* (2022). À paraître chez le même éditeur en 2024 : *Le corps don.*

Jeanne Benameur (née en 1952)
Née en Algérie, elle arrive en France à l'âge de cinq ans. Ses romans l'ont révélée à un large public, au point de nous faire oublier que son premier livre était un recueil de poèmes. En 2011, elle publie à nouveau sa poésie, avec *Notre nom est une île*, suivi de cinq autres recueils aux Éditions Bruno Doucey. En 2023, ses recueils *La Géographie absente* et *L'exil n'a pas d'ombre* sont rassemblés au sein d'un même livre qui paraît dans la collection Sacoche.

Philippe Berthaut (né en 1952)
Vit à Toulouse. À l'origine auteur-compositeur et interprète, il a commencé à la Cave Poésie, en 1972, dont il est actuellement l'un des animateurs. Parallèlement à ses spectacles, il a développé nombre d'expériences littéraires, les siennes mais aussi celles qu'il partage avec un large public en atelier d'écriture. Sa principale préoccupation : « Initier le plus grand nombre au geste d'écrire le poème ». Parmi ses livres : *Le Champ de lave* (Nouvelles Éditions Loubatières, 2008).

Levent Beskardès (né en 1949)
Né à Eskisehir, en Turquie, il est à la fois comédien, metteur en scène, auteur dramatique, poète, vidéaste et dessinateur. Sourd, il crée des poèmes en langue des signes française, turque ou internationale. Depuis 1986, il les met en scène lors de différents festivals à travers le monde. Plusieurs de ses poèmes ont été publiés dans l'anthologie *Les mains fertiles* (Éditions Bruno Doucey, 2015). En 2024, le même éditeur publiera une importante anthologie personnelle de sa poésie en langue des signes.

Zéno Bianu (né en 1950)
Poète né à Paris, il est aussi dramaturge, essayiste et traducteur. En 1971, il signe, avec d'autres poètes, le *Manifeste électrique aux paupières de jupes*. C'est, pour lui, le début d'une œuvre d'une cinquantaine d'ouvrages, qui interroge à la fois la poésie, le théâtre, le jazz et l'Orient. Parmi ses derniers ouvrages publiés : *D'un univers funambule* (Gallimard,

2017), *Santana, de toutes les étoiles* (avec Yves Buin, Le Castor Astral, 2020).

Christian Bobin (1951-2022)
Christian Bobin est un écrivain français né en 1951 au Creusot, en Saône-et-Loire, et mort en novembre 2022 à Chalon-sur-Saône. Il se fait connaître du grand public en 1992 avec *Le Très-Bas*, livre consacré à saint François d'Assise. Il n'a, ensuite, jamais cessé de gagner en popularité. En 2016, il reçoit le prix de l'Académie française pour l'ensemble de son œuvre. Parmi ses titres parus aux Éditions Gallimard : *La Grande Vie* (2014) ; *Pierre* (2019) ; *Le Muguet rouge* (2022).

Caroline Boidé (née en 1981)
Née dans une famille juive d'Algérie, Caroline Boidé est romancière et poète. En 2014, elle publie un premier recueil, *Pivoine aux poings nus*, qui obtient le prix de poésie Vénus Khoury-Ghata. Deux ans plus tard, elle écrit un recueil à quatre mains avec la romancière libanaise, *Kaddish pour l'enfant à naître* que publient les Éditions Bruno Doucey. Il sera suivi, en 2021, du recueil *Une femme en crue.*

Thierry Bourcy (né en 1955)
Né à Vannes, dans le Morbihan, Thierry Bourcy travaille dans un premier temps dans le milieu hospitalier. Il faudra une rencontre décisive avec le scénariste Bernard Revon pour qu'il se consacre pleinement à sa passion : l'écriture et le cinéma. Scénariste, dramaturge et auteur de romans (notamment du cycle *Les aventures de Célestin Louise, flic et soldat*, récemment réédité chez Folio), il écrit et compose aussi des chansons.

Katia Boutchoueva (née en 1982)
Née à Moscou, elle vit à Grenoble depuis 2002. Elle a publié dans de nombreuses revues, et fait paraître plusieurs recueils : *Tes oursons sont heureux* (Éditions Color Gang, 2015), *Équiper les anges – et dormir, dormir* (La Passe du vent, 2017), *Alger céleste* (Publie.net, 2019) et *Doucement* (Publie.net, 2020). Elle construit un appareil à la fois auditif et optique pour mélanger, dans un mouvement d'un tour complet, le haut et le bas, le dedans et le dehors.

Georges Brassens (1921-1981)
Brassens est né en octobre 1921 à Sète, et il est mort soixante ans plus tard à Saint-Gély-du-Fesc. Célèbre auteur-compositeur-interprète français. Sa personnalité : le verbe imagé et frondeur, le goût des tournures anciennes, le culte des copains, le besoin de solitude, une bonne culture littéraire (il s'amuse à combiner l'usage de l'argot et celui d'un langage châtié), un vieux fond libertaire étayé par un antimilitarisme viscéral et un anticléricalisme profond.

Ananda Brizzi (née en 1987)
Installée à Montpellier, où elle est à la fois professeure des écoles et art-thérapeute, Ananda Brizzi s'est formée aux arts du spectacle, et est passée du théâtre à la poésie en publiant plusieurs petits opus aux éditions Derrière la salle de bains – *Bleue* et *Tirer la langue* – ou dans les revues Sœurs, Tract, Encre[s], Miroir. Des mots et des thèmes coup de poing qui invitent à repenser les frontières entre soi, les autres et le monde.

Jean-Baptiste Cabaud (né en 1970)
Cet écrivain français, né en Savoie, vit à Lyon depuis 1993. Après une dizaine d'années passées dans le graphisme, il se consacre depuis 2005 entièrement à la poésie. Il donne des lectures régulières de ses œuvres, en France et à l'étranger, seul ou au sein de la formation *Saint Octobre*. Il a notamment publié *Fleurs* (Éditions La Passe du vent, 2014), *La folie d'Alekseyev* (Éditions Dernier Télégramme, 2018), *Dix moutons* (Éditions La rumeur libre, 2023).

Hélène Cadou (1922-2014)
Hélène Laurent naît en Loire-Atlantique en 1922. Après des études de philosophie, elle rencontre le poète René Guy Cadou et l'épouse. À la mort de ce dernier, elle se consacre à l'écriture poétique, puis devient conservatrice de la demeure du poète. À la fin de sa vie, les Éditions Bruno Doucey rééditent ses premiers recueils *Le Bonheur du jour* et *Cantate des nuits intérieures*. Dix ans plus tard, un recueil inédit paraît chez le même éditeur, sous le titre *J'ai le soleil à vivre*.

René Guy Cadou (1920-1951)
Ce poète disparu prématurément est l'une des grandes voix de la poésie du XXe siècle. Ami de nombreux poètes, il s'affirme comme le chef de file de l'École de Rochefort. De son vivant seront publiés *Pleine poitrine* (1945), *Les visages de la solitude* (1946) ou *Quatre poèmes d'amour à Hélène* (1948), avant que son œuvre poétique ne soit rassemblée à titre posthume, chez Seghers, sous le titre *Poésie la vie entière*. En 2022, les Éditions Bruno Doucey publient un recueil inédit du poète, *Et le ciel m'est rendu*.

Didier Cahen (né en 1950)
Poète, essayiste et journaliste français né à Boulogne-Billancourt. Certains de ses livres de poésie résultent d'une collaboration avec des peintres amis (Joël Paubel, Thierry Le Saëc, Gérard Garouste). Une partie de son œuvre est traduite en anglais, en italien et en allemand. Il a été chroniqueur au journal Le Monde. Et a été invité par des universités américaines (Chicago, Columbia, New York) pour des cycles de conférences. Parmi ses titres : *Contes d'avant l'heure* (Tarabuste, 2021).

Emanuel Campo (né en 1983)
Il vit à Lyon où il est, tour à tour, écrivain, chanteur et comédien. Fondateur de la compagnie *Étrange Playground*, il crée en 2011 *Identité M.C.* un premier spectacle musical, suivi, en 2015, de *On est là* en duo avec le poète kanak Paul Wamo. Auteur et interprète, il se consacre à des projets musicaux, collabore avec des chorégraphes et des metteurs en scène. Derniers titres parus à La Boucherie Littéraire : *Faut bien manger* (2019) ; *Ligne de défense* (2021).

Roja Chamankar (née en 1981)
Née à Borazjân, au sud de l'Iran, elle effectue des études de littérature et de cinéma à Téhéran et à Strasbourg, et prend part à de nombreux festivals. Oscillant entre ces deux passions, elle est la réalisatrice du film *Souvenirs, bisous, poignards* et l'autrice de plusieurs recueils publiés en Iran. Les Éditions Bruno Doucey ont fait paraître deux de ses livres en édition bilingue : *Je ressemble à une chambre noire* (2015) et *Dans ma chevelure* (2023).

Sandrine Malika Charlemagne (née en 1968)
Après une formation de comédienne chez Véronique Nordey, elle joue sous la direction de cette dernière, de Jean-Claude Fall et d'Armand Gatti. Elle fut un temps serveuse de tequila, femme de ménage, standardiste à SOS Médecins, agent d'accueil en discothèque. *La petite ouvrière métisse* (Éditions La rumeur libre, 2023) est son deuxième recueil poétique.

François Cheng (né en 1929)
Né à Nanchang, dans la province du Jiangxi, François Cheng est un écrivain et calligraphe chinois naturalisé français en 1971. Il est l'auteur d'une œuvre conséquente, constituée d'essais sur la pensée, la peinture et l'esthétique chinoises, de romans et de recueils poétiques. Ses derniers livres : *Enfin le royaume*, poèmes (Gallimard, 2018) ; *Une longue route pour m'unir au chant français* (Albin Michel, 2022).

Dominique Chipot (né en 1958)
Né dans les Vosges, il est l'un des grands spécialistes du haïku. Lui-même haïjin, il a écrit plusieurs essais et a adapté en français les haïkus japonais traduits par Makoto Kemmoku, Saori Nakajima ou Rikako Ando-Fujii. Il organise conférences, expositions, ateliers d'écriture, et rédige le mensuel gratuit L'Ours dansant. Il est l'auteur de deux anthologies aux Éditions Bruno Doucey : *En pleine figure, Haïkus de la guerre de 14-18* (2013) et *Je ne peux le croire – Fukushima, Nagasaki, Hiroshima, haïkus et tankas* (2018).

Marion Collé (née en 1981)
Fil-de-fériste et poétesse, Marion Collé pense avec son corps, mêle les arts du cirque et la poésie dans des spectacles comme le solo *Blue* (2011) ou *Autour du domaine*. Au cœur de son premier recueil, *Être fil*, paru aux Éditions Bruno Doucey en 2018, une même quête d'équilibre, de légèreté et de grâce sur le fil tendu des mots. En 2024 paraîtra son deuxième recueil, *Traverser les murs opaques*, qui fait déjà l'objet d'une adaptation en spectacle.

Jany Cotteron (née en 1944)
Née en Belgique, Jany Cotteron-Paquay y enseigne le français pendant plusieurs années. Depuis 1968, elle vit à Genève où elle a travaillé comme institutrice, puis formatrice dans l'enseignement primaire. Parmi ses ouvrages publiés, on peut citer : *Le chant des pierres et de l'eau* (Samizdat, 2007), recueil dans lequel le poète Jean-Marie Berthier percevait « les préoccupations majeures d'une femme qui aime la vie plus qu'elle-même. »

Erri De Luca (né en 1950)
Né à Naples, Erri De Luca a noué, depuis l'enfance jusqu'aux chantiers où il a été ouvrier, avec la lecture et l'écriture un rapport particulier pour bâtir une œuvre foisonnante. Romans, poésie, théâtre, essais et traductions sont servis par un style limpide et poétique. Citoyen engagé, il propose, avec force et intensité, une histoire de l'humanité. En 2023, il fait paraître *Itinéraires*, œuvres choisies, dans la collection Quarto / Voix contemporaines à l'enseigne des Éditions Gallimard.

Ananda Devi (née en 1957)
Née en 1957, à Trois-Boutiques, de parents

d'origine indienne, elle a grandi au contact de plusieurs langues, dans le tissage culturel et humain si particulier de l'île Maurice. Ses romans – parmi lesquels *Le rire des déesses* (2021), *Le Jour des camaléons* (2023) – l'ont révélée à un large public et lui ont récemment valu le prestigieux prix Neustadt 2024. Elle a publié trois recueils aux Éditions Bruno Doucey, ainsi qu'un roman, *Sylvia P.*, consacré à la poétesse Sylvia Plath.

Habiba Djahnine (née ne 1968)
En Algérie, pays dont elle est originaire, le nom de Habiba Djahnine est doublement associé au monde de l'image et à la poésie. On lui doit *Lettre à ma sœur*, long-métrage consacré à sa sœur Nabila, militante féministe assassinée en 1995, à Tizi-Ouzou. Ses deux derniers recueils sont parus aux Éditions Bruno Doucey : *Fragments de la maison* (2015) et *Traversée par les vents* (2023).

Hélène Dorion (née en 1958)
Née au Québec, elle a publié une vingtaine d'ouvrages de poésie, ainsi que des romans, des récits, des essais, qui l'ont fait connaître de part et d'autre de l'Atlantique. Elle livre une œuvre aux accents universels, qui fait d'elle aujourd'hui l'une des voix majeures des littératures francophones. Trois de ses livres sont parus aux Éditions Bruno Doucey, dont, en 2021, *Mes forêts*, un texte au destin exceptionnel puisqu'il est inscrit au programme du baccalauréat 2024.

Laurent Doucet (né en 1966)
Né à Barbezieux, de parents originaires d'Oran, en Algérie, et de Jarnac, en Charente. Poète et professeur, il est aussi codirecteur, avec Marie Virolle, de la revue A *Littérature-Action*, fondateur du festival « Poésie Jour & Nuit » en Limousin et président de l'association La Rose Impossible en charge du projet de l'ancienne maison d'André Breton à Saint-Cirq-Lapopie. Il a publié plusieurs recueils dont *Biens essentiels* (La rumeur libre, 2022).

Bruno Doucey (né en 1961)
Pour ce poète et éditeur de poètes originaire du Jura, la littérature est un art de l'hospitalité. En 2010, il fonde une maison d'édition vouée à la défense des poésies du monde. Mais il est aussi romancier, s'attachant le plus souvent à faire revivre des figures de poètes qui ont chanté la liberté et le refus de toute forme d'oppression. Parmi ses derniers livres, le recueil *22 – Bureau des longitudes* (Éditions Bruno Doucey, 2022) et le roman *Indomptables* (Éditions Emmanuelle Collas, 2024).

Patrick Dubost (né en 1957)
Patrick Dubost travaille la poésie sur le papier, mais aussi dans des studios de musique électroacoustique. Auteur de plus d'une quinzaine de livres, il pratique depuis plusieurs années la lecture performance. Chaque poème s'appuie sur un dispositif, sonore et visuel, autonome. L'ensemble constitue une sorte de récital de parole, entre drôlerie, questionnements métaphysiques et tendre regard sur le monde. Parution récente : *Les deux royaumes* (La rumeur libre, 2021).

Estelle Dumortier (née en 1977)
Avant de s'installer à Lyon et de créer La Traversante où elle façonne des liens entre écriture et lecture dans un regard traversant d'autres pratiques artistiques, elle a vécu dans des régions frontalières situées entre la

France, la Belgique et l'Allemagne. Elle aime tourner, danser et dire ses poèmes sur scène et au bord des rivières, écrire et dire n'étant jamais loin du corps. Elle a publié récemment aux éditions La rumeur libre : *Entre les lignes* (2021) ; *Où l'air ne chute pas* (2022).

Louise Dupré (née en 1949)
Cette poètesse et romancière, née à Sherbrooke, est l'une des figures de proue de la littérature québécoise. En 2010, à la suite d'un voyage dans les anciens camps d'extermination nazis, elle publie *Plus haut que les flammes*. Son recueil *La main hantée* (Éditions Bruno Doucey, 2018) obtient le prix du Gouverneur général du Canada. *Exercices de joie*, paru au Québec (Éditions du Noroît) et en France en 2022, constitue le troisième volet d'une trilogie qui mêle poétique et éthique personnelle.

Mohammed El Amraoui (né en 1964)
Ce poète et traducteur, né au Maroc en 1964, vit en France depuis 1989. Après des études de linguistique et de philosophie, il se tourne vers l'écriture qu'il pratique en deux langues, l'arabe et le français. Il se produit dans différents festivals, seul ou avec des musiciens, en France et à l'étranger. Parmi ses dernières publications : *Pièces détachées (d'une charrue)* (Plaine page, 2021) ; *Un palais pour deux langues* (La Passe du vent, 2019).

Paul Éluard (1895-1952)
Plume phare et voix essentielle, tantôt obscure, tantôt lumineuse, du mouvement surréaliste, Paul Éluard, dont l'existence et l'œuvre furent traversées par son engagement communiste, est l'auteur de nombreux ouvrages poétiques (odes à l'amour et à la liberté), parmi lesquels *Capitale de la douleur* (1926), *Les Mains libres* (1937) ou encore *Liberté* (1942). Il compte parmi les poètes qui ont su le mieux réaffirmer la puissance créatrice du langage.

Eom Won-tae (né en 1955)
L'écriture de ce poète né à Daegu, en Corée du Sud, est profondément marquée par l'expérience de la maladie qui l'a conduit, dans un cheminement quasi spirituel, à une acceptation de soi et à une forte empathie pour toute forme d'altérité. Parmi ses recueils : *Rapport sur le petit bourg* (1995), *Tombes en bulles d'eau* (2007), *Tu reviendras comme un lointain tonnerre* (2013), ainsi qu'une anthologie personnelle bilingue parue aux Éditions Bruno Doucey en 2023, *Dans une région obscure*.

Carine Fernandez (née en 1955)
Née dans la région lyonnaise, elle épouse à seize ans un étudiant saoudien et s'enfuit avec lui au Moyen-Orient. Elle poursuit ses études à distance jusqu'au doctorat, et passe une vingtaine d'années entre le Liban, l'Égypte et l'Arabie saoudite, période qui marquera fortement son œuvre romanesque. Ce n'est qu'à son retour en France qu'elle commence à publier ses textes. Parutions récentes : *Les routes prémonitoires* (La Passe du vent, 2018), *Un jardin au désert* (Les Escales, 2019).

Hélène Fresnel (née en 1984)
Née à Paris, Hélène Fresnel oriente sa vie autour de la musique, de la philosophie, des voyages, des arts et de l'amour. Ses premiers textes ont été publiés dans des revues, telles que Nunc, Transkrit, Friches, Teste, Femmes

de parole… Son premier recueil, *Une terre où trembler*, publié en 2020 aux éditions de Corlevour, est récompensé par le prix Vénus-Khoury Ghata.

Mireille Gansel (née en 1947)
De cette voix discrète, les uns connaissent les traductions de poètes vietnamiens, de Nelly Sachs, de Reiner Kunze, ou l'ouvrage *Traduire comme transhumer* (La Coopérative, 2022) ; d'autres, le travail accompli avec le violoniste Yehudi Menuhin et les communautés tziganes d'Europe centrale ; d'autres encore les poèmes épurés du recueil *Le Temps des arbres* (La Coopérative, 2020). Une œuvre généreuse qui révèle au fil du temps sa cohérence et sa profondeur.

Albane Gellé (née en 1971)
Née à Guérande, Albane Gellé vit aujourd'hui à Saumur. Cofondatrice de l'association La Maison des Littératures, elle se déplace un peu partout pour des lectures publiques et des interventions autour de la poésie. Dans ses textes, il est souvent question d'enfance, de nature et d'animaux – notamment de chevaux. Parmi ses derniers livres parus : *Équilibriste de passage* (Le Castor Astral, 2022) ; *L'Au-delà de nos âges* (Cheyne éditeur, 2020) ; *Eau*, illustrations de Marion Le Pennec (Cheyne éditeur, 2020).

Bruno Geneste (né en 1960)
Poète et essayiste français, né à Pont-l'Abbé. D'une famille de marins, il a vécu à Penmarch toute son enfance et son adolescence. Cofondateur avec sa compagne, Isabelle Moign, du Festival de la Parole Poétique *Sémaphore* à Moëlan-sur-Mer. Il est le responsable de la Maison de la Poésie du Pays de Quimperlé et directeur de la publication de la revue de réflexion *Sémaphore*. Parmi ses récentes publications : *Le Manifeste du Surréalisme des Grèves* (La rumeur libre, 2022).

David Giannoni (né en 1968)
Né à Nice, David Giannoni déménage à Rome avec sa famille à l'adolescence, où il découvre la littérature, l'art et la poésie. Installé en Belgique depuis 1987, il fonde en 1989 le projet « maelstrÖm », duquel naîtra une maison d'édition. Fondateur du « fiEstival », festival international de poésie, musique et performance à Bruxelles, il dirige également la Maison de la Poésie d'Amay. Parution récente : *Il faut savoir choisir son chant – 108 poécontes* (maelstrÖm reEvolution, 2022).

Claude Gobet (né en 1963)
Auteur-compositeur et interprète, Claude Gobet est aussi poète. Enfant de la banlieue lyonnaise, il rencontre, au collège, le poète Thierry Renard avec qui il fonde la revue de poésie, *Aube Magazine*. Dans son dernier recueil, *Dans la mêlée des étoiles* (La rumeur libre, 2023), il tente de comprendre l'origine de ses blessures et revient sur le souvenir amer d'un père renfermé et tyrannique. Il rend aussi hommage aux êtres chers qui ont su lui apporter l'amour qui lui manquait.

Xavier Grall (1930-1981)
Journaliste, poète, écrivain, né à Landivisiau dans le Finistère, Xavier Grall est l'auteur d'une œuvre qui magnifie la Bretagne et porte un regard incandescent sur les choses de la vie. Il construit une œuvre unique, exemple de la littérature bretonne d'expression française, aujourd'hui rassemblée aux

éditions Calligrammes et Terre de brume. Un roman de Patrick Pécherot vient de lui être consacré aux Éditions Bruno Doucey, *À cheval sur le vent*.

Élisabeth Granjon (née 1962)
Comédienne, autrice et dramaturge, elle a commencé très jeune à inventer des histoires et des poèmes par nécessité, pour supporter le trop plein émotionnel, se faufiler dans l'impalpable et dire tous ses silences. Elle n'a jamais cessé d'écrire, en particulier des formes brèves, ciselées et percutantes, mais elle explore aussi l'écriture de théâtre, de chansons et de romans. Son dernier recueil, *Ma voix silence*, est paru en 2021 à l'enseigne de La rumeur libre.

Bernard Grasset (né en 1958)
Originaire de l'Ouest, Bernard Grasset, après des études à Paris, se tourne vers l'écriture. Sa poésie s'inspire principalement et librement de la Bible, de l'art, ainsi que des voyages. Philosophe-marcheur, poète-chercheur, il est l'auteur de recueils, d'essais et de traductions. Plusieurs de ses livres ont été consacrés à Pascal sur lequel il a fait une thèse et à Rachel dont il est le premier traducteur en français. Parution récente : *Brise* (Jacques André éditeur, 2020).

Sophie Grenaud (née en 1976)
Née à Bordeaux, aujourd'hui installée à La Rochelle, elle aime « apprivoiser le temps et l'écriture, sculpter les vides et les silences fertiles, en cherchant la justesse du geste et du dire ». Parmi ses modes d'expression, la poésie bien sûr, mais aussi des motifs graphiques, des installations plastiques et sonores... Plusieurs de ses poèmes et des encres sont parus en revues. En 2023, les éditions du Rouergue publient *Diego aime Julie*, son premier roman jeunesse.

Ève Guerra (née en 1989)
Enseignante de Lettres classiques à Lyon, Ève Guerra signe avec *Corps profonds* (Le Réalgar, 2022) son premier recueil de poésie. Choisissant le style narratif, elle tente de rassembler souvenirs et cicatrices qui ont fracturé l'enfance, comme une percée brutale de la mémoire dans l'âge adulte. Une parole âpre et sans concessions à l'image de « l'odeur du sel qui reste en partage après l'effondrement ». À paraître, un premier roman : *Rapatriement* (Grasset, 2024).

Hubert Haddad (né en 1947)
Né à Tunis, Hubert Haddad vit à Paris. Écrivain, peintre et illustrateur, il a longtemps animé des ateliers d'écriture dans les écoles, les hôpitaux et les prisons. À partir d'*Un rêve de glace*, les romans et les recueils de nouvelles alternent sans discontinuer avec les essais sur l'art ou la littérature, les pièces de théâtre et les recueils de poèmes. Parmi ses dernières parutions aux éditions Zulma : *Un monstre et un chaos* (2019), *La Sirène d'Isé* (2021), *L'invention du diable* (2022).

Nâzım Hikmet (1901-1963)
Ce poète turc, originaire de Salonique, est assurément l'une des plus importantes figures de la littérature du XXe siècle. Condamné pour avoir été membre du Parti communiste de Turquie, il passe quelque quinze années en prison et termine sa vie en exil. Il meurt à Moscou d'une crise cardiaque en 1963, et est enterré au cimetière de Novodevitchi. À lire, absolument : *C'est*

un dur métier que l'exil, anthologie établie et présentée par Charles Dobzynski (Le Temps des Cerises, 1999).

Corinne Hoex (née en 1946)
Née à Bruxelles, licenciée en histoire de l'art et archéologie, elle a travaillé quelques années comme enseignante, documentaliste et chargée de recherches en arts et traditions populaires puis a choisi de se consacrer entièrement à l'écriture. Son premier roman *Le Grand Menu* est paru en 2001. Parmi ses parutions récentes : *L'ombre de toi-même* (Tétras-Lyre, 2023) ; *Les racines*, livre d'artiste avec Robert Lobet (La Margeride, 2023).

Marie Huot (née en 1965)
Installée à Arles, Marie Huot est l'autrice de poèmes publiés dans de nombreuses revues, ainsi que dans des anthologies. Parmi ses derniers recueils parus, on peut citer *Une histoire avec la bouche* (éditions Al Manar, 2014), et *Délicat présent* (Le Temps qu'il fait, 2014). Elle a également travaillé avec des peintres et graveurs pour des livres d'artiste, et participe régulièrement à des rencontres et des lectures.

Imasango (née en 1964)
Originaire de Nouvelle-Calédonie, elle passe son enfance entre Nouméa et la brousse où elle retrouve les racines de son métissage, avant d'effectuer des études de lettres en Europe et en Amérique du Sud. Ses textes questionnent la part métisse de nos identités. Elle a publié trois livres aux Éditions Bruno Doucey : *Pour tes mains sources* (2011), *Se donner le pays, paroles jumelles* (avec Déwé Gorodé, 2016) et *Ce pays dans mes veines* (2022).

Ludivine Joinnot (née en 1979)
Née à Charleroi, où elle réside, elle est depuis les années 2000 passeuse de mots, diseuse et raconteuse d'histoires. Elle anime des ateliers et des rencontres ouverts à tous les publics. Parmi ses nombreux projets autour de la littérature, elle anime plusieurs pages en ligne dédiées à la poésie. Depuis 2020, elle est aussi bibliothécaire associée pour les Midis de la Poésie. Son recueil *Nous vivons encore* est paru en 2022 aux éditions L'Arbre à paroles.

Charles Juliet (né en 1934)
Né à Jujurieux, dans l'Ain, il vit à Lyon. À douze ans, il entre comme enfant de troupe à l'école militaire d'Aix-en-Provence où il va traverser de rudes épreuves, qu'il racontera dans ses ouvrages. Ses poèmes, ses journaux et ses récits, pour la plupart publiés chez P.O.L, ont remporté de nombreux prix et sont traduits dans plusieurs langues, faisant de lui l'un des écrivains majeurs de sa génération. Une réédition revue et augmentée de son livre d'entretiens, *Trouver la source*, est parue en 2020 aux éditions La Passe du vent.

Stéphane Juranics (né en 1969)
D'origine hongroise par son père, il est né à Lyon. Marqué très tôt par l'expérience du deuil, il commence à écrire à l'âge de dix-huit ans. En 1989, il publie ses premiers poèmes dans les revues Verso et Aube Magazine et se lie d'amitié avec le poète et éditeur Thierry Renard. Il fait paraître un premier recueil en 1991 à La Bartavelle Éditeur. Parmi ses derniers ouvrages parus, on peut citer *Silence du temps* (La Passe du vent, 2020) et *La chute libre du jour* (La Passe du vent, 2016).

Sofía Karámpali Farhat (née en 1994)
Née au Sud-Liban dans une famille gréco-libanaise, elle passe les dix-huit premières années de sa vie au Liban, avant de venir s'installer à Paris. Elle écrit surtout en français, sa langue d'adoption, afin d'aborder en poésie des sujets tels que la guerre, l'exil et la résistance. En parallèle, elle est chercheuse en géopolitique, traductrice et artiste pluridisciplinaire. En 2023, les Éditions Bruno Doucey publient son premier recueil, *Zaatar*.

Vénus Khoury-Ghata (née en 1937)
Traductrice, romancière et poétesse, née au Liban, elle est l'autrice d'une œuvre reconnue dans le monde entier, qui nous aide à voyager entre Orient et Occident. Elle a publié une quarantaine d'ouvrages, parmi lesquels *Kaddish pour l'enfant à naître* écrit avec Caroline Boidé (Éditions Bruno Doucey, 2017), et *Lune n'est lune que pour le chat*, illustré par Sibylle Delacroix (Éditions Bruno Doucey, 2019).

Christophe La Posta (né en 1979)
Né d'une mère française et d'un père italien, il vit depuis toujours dans la banlieue lyonnaise. Tour à tour joueur de basket, entraîneur, animateur, déménageur… L'écriture, en arrière-plan, prend peu à peu le dessus. En 2020, il voit quelques-uns de ses textes publiés : *On n'est pas là pour se faire engueuler*, anthologie en hommage à Boris Vian (Éditions La Passe du vent) ; revue *Rumeurs* n° 8… Il est chargé de la médiation culturelle à l'Espace Pandora, à Vénissieux.

Martin Laquet (né en 1976)
Il a fait des études de lettres ainsi que les Beaux-arts de Lyon. Il vit et travaille à Ambérieu-en-Bugey où il a initié un cycle de rencontres poétiques intitulé « Poésie vive ». Il a également ouvert, en 2010, une petite galerie d'art, Memory Lane. Pour lui, peinture et poésie sont les deux faces d'une même recherche. Parmi ses dernières publications : *Jour après nuit* (La passe du vent, 2017) et *Dubhé* (Sang d'encre, 2011).

Yvon Le Men (né en 1953)
Né à Tréguier, installé à Lannion, il est la figure de proue de la poésie aujourd'hui écrite en Bretagne. Écrire et dire sont les seuls métiers de ce poète qui fait partager sa passion au plus grand nombre dans des spectacles ou au festival Étonnants Voyageurs de Saint-Malo. En 2019, il reçoit le Goncourt de la poésie pour *Un cri fendu en mille*, dernier volume d'une trilogie dont les Éditions Bruno Doucey font paraître une édition condensée en mars 2024, sous le titre *Les continents sont des radeaux perdus*.

Ariane Lefauconnier (née en 1995)
Depuis une dizaine d'années, elle consacre la majeure partie de son temps à l'édition et à la promotion de la poésie contemporaine, notamment au sein des Éditions Bruno Doucey. Parallèlement, elle codirige la maison d'édition associative 10 pages au carré. Son texte *Des hortensias à la place des poumons* a fait l'objet d'un livre d'artiste avec Robert Lobet, publié aux éditions La Margeride en 2023.

Marilyse Leroux (née en 1955)
Née à Vannes en Bretagne, elle a publié une trentaine de livres, principalement en poésie. Elle est également nouvelliste, romancière jeunesse, animatrice d'ateliers d'écriture et

chroniqueuse littéraire. Parmi les derniers titres de cette autrice qui aime travailler avec d'autres artistes : *Nés arbres* (L'Ail des ours 2020), *On n'a rien dit de l'océan*, (L'Atelier des Noyers), *Les Zôs* (Rhubarbe, 2021), *Les Mains bleues* (Rubarbe, 2022).

Denise Levertov (1923-1997)
Née en Angleterre, elle commence très jeune à écrire des poèmes. Elle publie son premier recueil à l'âge de vingt-trois ans et déménage aux États-Unis, où elle devient essayiste, traductrice et activiste politique. Dans les années 1960, elle participe aux mouvements pacifistes et antinucléaires, n'hésitant pas à mettre la poésie au service de ses actions. En 2018, certains de ses poèmes sont publiés dans l'anthologie *Beat Attitude – Femmes poètes de la Beat Generation* (Éditions Bruno Doucey).

Laura Lutard (née en 1988)
Née dans une famille d'origines martiniquaise et bordelaise, elle est à la fois comédienne, metteuse en scène et poétesse. Formée au jeu classique comme à la performance, elle travaille pour divers spectacles en France et en Europe. Elle assure par ailleurs la direction de la compagnie YAKSHI, et codirige Le Bordel de la Poésie de Paris. *Au bord du bord* (Éditions Bruno Doucey, 2022) est son premier recueil.

Jidi Majia (né en 1961)
Né dans la province du Sichuan, il est membre de l'Association des écrivains chinois et de l'Association littéraire des minorités de Chine. Son œuvre compte plus d'une vingtaine de recueils traduits en plusieurs langues. Sa poésie, aux accents lyriques, compte bien faire entendre la voix singulière de l'une des minorités culturelles de ce pays aux multiples paradoxes. En 2019 est paru *Paroles de feu* aux Éditions La Passe du vent, recueil traduit par Françoise Roy.

Elise Mandelbaum (née en 1987)
Née en Charente-Maritime, où elle grandit, Elise Mandelbaum poursuit des études littéraires jusqu'à l'obtention d'un doctorat en littérature comparée. Désormais professeure de lettres et installée en région parisienne, elle développe une écriture qui oscille entre dérision et candeur. Pour elle, la poésie est avant tout un moyen d'échapper à « la vie normale des gens normaux », titre de son premier recueil paru aux éditions 10 pages au carré.

Michel Ménaché (né en 1941)
Né dans une famille originaire de la communauté sépharade de Constantinople, il vit à Lyon. Sa poésie est un chant d'hospitalité. Chroniqueur dans de nombreuses revues, auteur de plus d'une cinquantaine de livres d'artiste, il place son œuvre sous le signe du dialogue et de la fraternité. Il est l'auteur de *Couleur des larmes*, avec la peintre Mylène Besson (Éditions Bruno Doucey, 2017). Plus récemment : *Tango-Talgo*, avec des photographies de Didier Devos, et *L'Alphabet des sources, Œuvres poétiques* (La rumeur libre, 2022).

Lauren Mendinueta (née en 1977)
Née à Barranquilla, en Colombie, aujourd'hui installée à Lisbonne, elle commence à écrire en 1998 alors qu'elle travaille comme bibliothécaire à Fundación, un petit village de Colombie. Elle est l'autrice d'une

biographie de Marie Curie, ainsi que d'une dizaine de recueils de poèmes qui font d'elle une des voix les plus singulières de sa génération. Une œuvre qui questionne le rapport de l'homme à la mort, au temps, à la solitude, sans oublier ces instants de grâce qu'offre la littérature.

Maria Mercé Marçal (1952-1998)
Cette figure majeure de la littérature catalane, née à Barcelone, fut à la fois enseignante, traductrice et poète. L'essentiel de son œuvre poétique est rassemblé en 1989 dans un livre intitulé *Langue abolie*. Féministe militante, très engagée contre le franquisme, elle est aussi l'autrice d'un roman intitulé *La passion selon Renée Vivien* et de nombreuses traductions Une édition bilingue de ses poèmes est parue en 2014 aux Éditions Bruno Doucey sous le titre *Trois fois rebelle*.

Emmanuel Merle (né en 1958)
Né à La Mure. Poète, il vit à Grenoble où il a été enseignant. Lecteur d'Yves Bonnefoy et de Jim Harrison, sa poésie mêle narration et évocation. Il a publié de nombreux livres d'artiste, et il est l'actuel Président de l'Espace Pandora, à Vénissieux. Parmi ses nombreux ouvrages: *Amère Indienne*, (Gallimard, 2006, Prix Roger-Kowalski 2007); *Démembrements*, avec des peintures de Philippe Agostini (Voix d'encre, 2018) à; *La Nuit passante*, avec Thierry Renard (La rumeur libre, 2021).

Rita Mestokosho (née en 1966)
Elle est née au Québec sur le territoire innu d'Ekuanitshit, où elle vit et qu'elle défend avec ardeur. En 2014, les Éditions Bruno Doucey publient *Née de la pluie et de la terre*, recueil accompagné de photographies de Patricia Lefebvre et d'une préface de J. M. G. Le Clézio. Son dernier recueil, *Atiku Utei – Le Cœur du caribou* (Mémoire d'Encrier) a été récompensé par le Prix du Gouverneur général en 2023.

Geneviève Metge (née en 1938)
Elle vit à Lyon où elle anime, depuis de très nombreuses années, des ateliers d'écriture. Elle est l'autrice de récits (*Trente ans après*), de nouvelles (*La fête votive*) et de poèmes (*D'eau et de pierre*). Très proche de l'écrivain Charles Juliet, elle a présidé aux destinées de l'Espace Pandora, « agitateur poétique », pendant une dizaine d'années. Son dernier livre *Retenir ce qui s'efface* est paru aux éditions La Passe du vent en 2020.

Aksinia Mihaylova (née en 1963)
Originaire de Rakevo, en Bulgarie, Aksinia Mihaylova vit et travaille aujourd'hui à Sofia. Elle est à la fois traductrice et poète. On lui doit notamment des traductions des œuvres de Georges Bataille, Jean Genet, Vénus Khoury-Ghata ou Sylvie Germain. En 2014, elle remporte le prix Apollinaire pour un recueil écrit directement en langue française, *Ciel à perdre*, paru aux Éditions Gallimard. Dernière publication en France: *Le baiser du temps* (Gallimard, 2019).

Hala Mohammad (née en 1959)
Poète et réalisatrice, elle est née à Lattaquié, en Syrie. Elle a réalisé plusieurs documentaires sur le thème de la littérature des prisons, tandis que ses recueils paraissaient au Liban. En 2011, elle a pris la route de l'exil. Elle vit aujourd'hui en France, où elle a publié ses deux derniers recueils, en édition

bilingue, aux Éditions Bruno Doucey : *Prête-moi une fenêtre* (2018), et *Les hirondelles se sont envolées avant nous* (2021).

Marie Nimier (née en 1957)
Romancière et parolière française. Fille de l'écrivain Roger Nimier, elle se tourne un temps vers la scène. À partir de 1985, elle embrasse une carrière d'écrivain rapidement couronnée par le prix de l'Académie française, pour *Sirène*. Elle écrit également des albums pour enfants. Elle est aussi l'autrice de plusieurs textes radiophoniques, notamment pour France Culture. En 2019, elle publie chez Gallimard *Les Confidences*, puis, en 2020, *Le Palais des Orties*. Elle a écrit la chanson « Blanche », interprétée par Enzo Enzo, avec l'écrivain et parolier Thierry Illouz.

Laurence Nobécourt (née en 1968)
Elle écrit depuis l'enfance, occupée de littérature sous toutes ses formes (roman, récit, théâtre) avec *la poésie* pour axe central. Paysanne du verbe, elle livre moisson à travers ses textes autant que ses ateliers d'écriture initiés dans la Drôme où elle vit et travaille depuis 2007. Son œuvre est habitée par la question de l'amour soutenue par une quête de sens et de connaissance. En 2023, elle publie aux Éditions La rumeur libre un recueil de poèmes, *Nos deuils attentifs*.

Carl Norac (né en 1960)
Cet écrivain belge de langue française, né à Mons, est auteur de recueils de poésie et de textes d'albums jeunesse. Il grandit dans une vaste « cité populaire » puis dans le Hainaut, où la nature et la forêt sont ses premières sources d'inspiration. En 2016, il affirme : « J'aime dire poète parce que c'est un mot un peu galvaudé. C'est mon genre littéraire préféré, car il transcende tous les autres ». Parution récente : *Le grand trésor*, avec des illustrations Julien Béziat (L'école des loisirs, 2022).

Simon J. Ortiz (né en 1941)
Cet écrivain, poète et conteur, né à Albuquerque au Nouveau Mexique, est l'une des figures de proue du peuple Acoma, et de la seconde vague du mouvement de Renaissance amérindienne. Sa poésie témoigne de l'aliénation ressentie par les Indiens américains dans leur propre pays. Elle est aussi porteuse d'un engagement en faveur de l'oralité, des récits sacrés et des cérémonies qui les accompagnent. Il est l'auteur d'une œuvre très conséquente, pour l'heure peu diffusée dans l'espace francophone.

Orianne Papin (née en 1983)
Poétesse et professeure de français, elle vit à Fontainebleau, où elle participe activement à la vie culturelle locale. Que ce soit dans sa salle de classe ou sur les scènes de festivals, elle promeut une poésie simple et percutante, accessible au plus grand nombre. Son recueil *C'était pour du beurre* paraîtra en avril 2024 aux Éditions Bruno Doucey.

Marie Pavlenko (née en 1974)
Elle vit entre la région parisienne et les montagnes cévenoles. Depuis plus de dix ans, elle compose une œuvre plurielle où s'articulent les thèmes de la métamorphose, de l'altérité et des liens tissés avec le vivant. Après la publication de plusieurs romans aux éditions Flammarion, d'albums et de bandes dessinées, elle publie en 2024 *La main rivière*,

son premier recueil de poésie, aux Éditions Bruno Doucey.

Alexis Pelletier (né en 1964)
Né à Paris, aujourd'hui installé près de Rouen où il enseigne le français, ce poète aime se tourner vers les arts plastiques, la danse ou la musique contemporaine pour métisser ses pratiques d'écriture et les confronter à d'autres langages. Cela ne l'empêche pas de porter une attention bienveillante aux fragilités et aux failles de notre temps. « Quelle époque si fortement a ressenti/l'impuissance des mots », fait-il dire au personnage de Mlash qui accompagne plusieurs de ses ouvrages.

Anthony Phelps (né en 1928)
Né en Haïti, il contribue à fonder le groupe Haïti littéraire avant de connaître les prisons de Duvalier et d'être contraint à l'exil. Établi à Montréal, il se tourne vers le théâtre et le journalisme, et livre une œuvre qui fait de lui l'une des grandes voix de la littérature haïtienne. En 2012, les Éditions Bruno Doucey publient une anthologie de ses poèmes sous le titre *Nomade je fus de très vieille mémoire*. En 2023, le même éditeur réédite son texte majeur, *Mon Pays que voici*.

Paola Pigani (née en 1963)
Autrice vivant à Lyon, elle est née de parents italiens émigrés en terres charentaises. Des lieux de son enfance, de ses voyages en Italie, au Canada ou en Chine, elle a conservé une réserve d'images qui viennent se glisser dans son écriture à des moments ou à des endroits inattendus. Parmi ses plus récentes publications : *Le Cœur des mortels*, avec des photos de Gilles Vugliano. (La Passe du vent, 2019) ; *Des orties et des hommes* (Liana Levi, 2019) ; *Et ils dansaient le dimanche* (Liana Levi, 2021).

Dimitri Porcu (né en 1978)
Il se passionne très tôt pour le jazz, les musiques improvisées et le lien entre parole et musique. Il accompagne de nombreux poètes dont Marc Porcu, son père. Il crée avec lui la formation SAXOVOCE, puis avec Thierry Renard le spectacle *L'Amer du Sud*, publié en 2019 aux Éditions La Passe du vent. Il participe à divers concerts et lectures publiques, en France et à l'étranger (Sardaigne, Algérie, Belgique, Sicile...) Il a publié, en 2022, *Tous-Solo*, aux Éditions de l'Aigrette.

Marc Porcu (1953-2017)
D'un père sarde, d'une mère sicilienne, naissance en Tunisie et mort à Lyon. Poète, traducteur, il a animé pendant vingt ans la revue Les cahiers de poésie-rencontres. Il a aussi participé à des lectures, en France et à l'étranger, accompagné de musiciens (Louis Sclavis, Dimitri Porcu). Parmi ses dernières publications : *Le Cri de l'aube*, anthologie bilingue (Éditions CUEC, 2012) ; *Ils ont deux ciels entre leurs mains* (La Passe du vent, 2013).

Sofia Queiros (née en 1968)
Née au Portugal, elle vit en France depuis l'âge de trois ans. Elle enseigne l'anglais et le français à La Rochelle et anime régulièrement des ateliers d'écriture. Elle a signé plusieurs ouvrages, depuis 2001. En 2007, l'un de ses recueils est particulièrement remarqué, *Carabines* (Idée bleue / Écrits des Forges). Elle a publié, également, dans diverses revues dont Travioles, revue annuelle (art, littéra-

ture et philosophie), avec laquelle elle a collaboré à plusieurs reprises.

Thierry Renard (né en 1963)
Né à Lyon, il se tourne d'abord vers le théâtre, avant de diriger les éditions Paroles d'aube. Longtemps responsable littéraire de La Passe du vent, directeur de l'Espace Pandora à Vénissieux, il pratique la poésie en activiste et en rassembleur, soucieux de sa viralité. Cette intense activité culturelle ne l'empêche pas de mener à bien une œuvre personnelle qui compte de nombreux ouvrages, récemment rassemblés dans les *Œuvres poétiques* que publient les Éditions La rumeur libre.

Karine Reysset (née en 1974)
Cette romancière, qui a grandi entre le Pas-de-Calais, la Haute-Normandie et l'Essonne, entre en littérature en 2003 avec *L'Inattendu*, roman publié aux Éditions du Rouergue. Quelques années plus tard, *Comme une mère* (Éditions de l'Olivier, 2008) est adapté avec Anne Parillaud pour France Télévision, sous le titre *La Fille de l'autre*. Elle écrit aussi pour la jeunesse. Quant à la poésie, elle est pour l'heure jardin secret et horizon d'attente.

Yannis Ritsos (1909-1990)
L'enfance de ce poète né à Monemvassia, en Grèce, est marquée par la ruine économique, de lourds drames familiaux et des séjours en sanatorium. Ses combats contre le fascisme, son expérience de la prison et de la déportation, ne l'empêcheront pas de poursuivre une œuvre qui compte parmi les plus importantes de la poésie universelle. En France, six de ses recueils ont été publiés par Bruno Doucey, qui lui a également consacré un roman : *Ne pleure pas sur la Grèce* (2021).

Agathe Rivals (née en 1979)
Elle a grandi dans la campagne tarnaise. Des études de lettres classiques, puis un diplôme d'animatrice d'ateliers d'écriture, l'ont conduite à l'enseignement et à la création littéraire. En 2018, elle publie son premier recueil, *Les Saisons & les heures*, qui témoigne de l'intérêt qu'elle porte à la mise en espace des textes. « Artiste ? se demande-t-elle. Il m'arrive parfois d'exposer mes mots comme des créations plastiques… »

Sylvie-E Saliceti (née en 1966)
Originaire de Saint-Julien-en-Genevois, aujourd'hui installée en Corse, elle a mené une carrière d'avocate et de juriste, avant se consacrer pleinement à l'écriture. Elle est l'autrice de plusieurs recueils de poèmes, parmi lesquels *Je compte les écorces de mes mots* (Rougerie, 2013), *Couteau de lumière* (Rougerie, 2016), ainsi que d'un ouvrage consacré à la voix et aux chants corses qui bercent, apostrophent, crient et accompagne les morts : *Chjam'è rispondi* (Éditions le Réalgar, 2022).

Arthur Scanu (né en 1995)
Né à Marseille, aujourd'hui installé à Paris, il est à la fois libraire, poète et organisateur d'événements culturels multimédia avec la structure associative Pan!21. Son premier recueil, *Je crois que je viens de mourir* (10 pages au carré, 2021), nous entraîne dans le flux de pensées d'une jeune femme confrontée à l'angoissante vacuité du monde contemporain. Dernière publication : *Second souffle* (Association Respiracteurs, 2023).

Pierre Seghers (1906-1987)
Il entre en littérature en créant la revue P.C., Poètes Casqués, lorsqu'éclate la Seconde Guerre mondiale. En 1944, il fonde la collection Poètes d'aujourd'hui qui scelle le début d'une des grandes aventures éditoriales du XXe siècle. Cela n'empêchera pas le poète-éditeur de mener à bien une œuvre personnelle de premier ordre entièrement vouée à la poésie. Plusieurs de ses recueils ont été réédités par les Éditions Bruno Doucey.

Mykhaïle Semenko (1892-1937)
Ce poète né près de Poltava est considéré à la fois comme le père fondateur du futurisme ukrainien et une figure de proue de la Renaissance fusillée. Il prend part aux mouvements artistiques qui rompent avec les standards de la politique culturelle soviétique, avant d'être arrêté en 1937 et envoyé dans un camp dont il ne reviendra pas. Certains de ses poèmes ont été traduits en français par Ella Yevtouchenko et Bruno Doucey, et publiés dans l'anthologie *Ukraine – 24 poètes pour un pays.*

Jean-Pierre Siméon (né en 1950)
Né à Paris, il a longtemps enseigné à Clermont-Ferrand où il a créé, en 1986, La Semaine de la poésie. Il est l'auteur de nombreux recueils de poèmes, de pièces de théâtre, de livres pour la jeunesse. Il a longtemps été le directeur artistique national du Printemps des Poètes. *Lettre à la femme aimée* au sujet de la mort a été repris dans la collection Poésie/Gallimard, dont il est aujourd'hui le directeur. Dernières publications: *Petit éloge de la poésie* (Gallimard, 2021); *Une théorie de l'amour* (Gallimard, 2021).

Dominique Sorrente (né en 1953)
Sa naissance à Nevers et son enfance en Provence, ponctuée de séjours dans les forêts du Morvan et sur la côte vendéenne, forgent en lui un goût du paysage qui ne le quittera plus. Plusieurs rencontres, dont celle des poètes Christian Gabrielle Guez Ricord ou Jean-Marie Berthier, orienteront son écriture. Ses recueils, majoritairement publiés chez Cheyne Éditeur, sont indissociables des états, solaires ou ombrageux, de l'existence. Dernière publication: *À la digue du large* (Tipaza, 2020).

Valeriu Stancu (né en 1950)
Écrivain, journaliste, traducteur et éditeur né à Iassy, en Roumanie, Valeriu Stancu est traduit en plus de vingt langues. Deux d'entre eux ont récemment été traduits en français: *Clameurs du vent* (Écrits des forges, Québec, 2015), *Ballade de mon ami le bourreau* (Éditions Maïa, France, 2020). Une œuvre singulière, nourrie de références judéo-chrétiennes, de culture médiévale, qui défie ironiquement la mort.

Ceija Stojka (1933-2013)
Née en Autriche dans une famille rom, elle est déportée avec sa famille à l'âge de dix ans et survit aux camps de la mort. Quarante ans plus tard, elle éprouve la nécessité de rompre le silence, entamant un travail de mémoire par la peinture et l'écriture. Ses poèmes sont parus en France en 2018 aux Éditions Bruno Doucey sous le titre *Auschwitz est mon manteau et autres chants tsiganes*. En 2020 paraît *Le tournesol est la fleur du Rom*, avec des dessins de l'artiste Olivia Paroldi.

Murielle Szac (née en 1964)
Les lecteurs connaissent d'elle les romans de la collection « Ceux qui ont dit non », qu'elle dirige chez Actes Sud Jeunesse, ou ses feuilletons en cent épisodes – parmi lesquels *Le Feuilleton d'Hermès*, ou *Le Feuilleton de Tsippora* – devenus en quelques années des best-sellers de la littérature jeunesse. Ses poèmes, plus rares, sont écrits dans les marges de son œuvre romanesque, à l'image d'*Immenses sont leurs ailes* (Éditions Bruno Doucey, 2021). Dernière publication : *Tosca* (Éditions Emmanuelle Collas, 2024).

Hadassa Tal (née en 1953)
Elle est née et vit en Israël. Son enfance est marquée par la peinture que pratique son père. À l'âge adulte, elle se consacre à la littérature, obtient un doctorat et enseigne dans plusieurs universités. Elle se voue désormais pleinement à la poésie. Les Éditions Bruno Doucey ont publié ses recueils *Dans un fracas de plumes* (2014) et *Danse danse sinon nous sommes perdus* (2024), consacré à la danseuse et chorégraphe Pina Bausch.

Maud Thiria (née en 1973)
Née à Paris. Après des études de droit, elle entreprend des études de lettres modernes et rédige un mémoire sur la limite et l'expérience de la mort en poésie. Lectrice dans l'édition, rédactrice, traductrice, elle décide peu à peu de s'orienter pleinement vers l'écriture. Elle intervient aussi autour de la langue auprès de publics en difficultés, des migrants et des réfugiés politiques. Elle a récemment publié, aux éditions Lanskine, *Trouée* (2022), prix René-Leynaud 2023.

Aurora Vélez (née en 1964)
Aurora Vélez García est écrivain et journaliste. Elle est née à Bilbao, en Espagne, en 1964. Elle vit aujourd'hui à Lyon. Depuis 2016, elle est membre du collectif *Voix de l'extrême*. Ses textes figurent dans différentes revues espagnoles et dans plusieurs anthologies. En tant que journaliste, elle travaille à Euronews, où elle réalise des reportages dans toute l'Europe. Ouvrage le plus récent : *Intramuros* précédé de *Deux rives*, édition bilingue (La rumeur libre, 2023).

André Velter (né en 1945)
Né à Signy-l'Abbaye, dans les Ardennes. Tour à tour poète, essayiste, chroniqueur, même s'il ne se reconnaît qu'une qualité, celle de « voyageur ». Ses livres sont traduits dans une trentaine de langues. Après sa rencontre avec Serge Sautreau, il publie avec lui en 1966, *Aisha*. Il a fait paraître, récemment : *Tant de soleils dans le sang*, livre-récital avec Pedro Soler et sept poèmes-tracts avec Ernest Pignon-Ernest (Gallimard, 2014) ; *Séduire l'univers* précédé *d'À contre-peur* (Gallimard, 2021, prix Apollinaire).

Claude Vigée (1921-2020)
Poète, traducteur, essayiste, il est l'auteur d'une œuvre empreinte d'une grande spiritualité et d'une grande générosité. En 2008, ses poèmes complets sont publiés, par Jean-Yves Masson, aux Éditions Galaade sous le titre *Mon heure sur la terre*, livre salué par le prix Goncourt de la poésie. Ses derniers poèmes sont pour la plupart des poèmes de deuil, écrits après le décès de son épouse, Evy, disparue en janvier 2007.

Ella Yevtouchenko (née en 1996)
Née à Kyiv, où elle vit aujourd'hui, elle appartient à la génération des poètes ukrainiens nés après après l'effondrement de l'URSS, qui ont toujours connu une Ukraine indépendante. Poète et traductrice, elle s'engage avec Bruno Doucey, dès le début de la guerre en mars 2022, dans l'élaboration d'une vaste anthologie bilingue de la poésie ukrainienne : *Ukraine – 24 poètes pour un pays*. En 2023, les Éditions Bruno Doucey publient son recueil *Au cœur de la maison*.

Reha Yunluel (né en 1967)
Poète, photographe, traducteur, juriste franco-turc, il est né à Edremit, en Turquie. En 2005, il fonde la revue en ligne d'art et de langue Bachibouzouck. Auteur de deux recueils de poèmes, *Oiseau tombant de la cathédrale* (Virtuel, 2000) et *Rehaïkus* (Éditions du Petit Véhicule, 2022), il a collaboré avec de nombreuses revues. Docteur en droit public, il soutient en 2023 une thèse autour de « La liberté d'expression artistique ».

Index des auteurs

Table

Avant-propos

1. Grâces enfantines

2. Gestes gracieux

3. Extases bucoliques

4. De bonne ou de mauvaise grâce

De mauvaise grâce

De bonne grâce

5. Extases érotiques

6. Grâce à toi

7. En l'an de grâce

8. Extases spirituelles

Visions

Cet ouvrage
a été achevé d'imprimer
en décembre 2023
pour le compte de Bruno Doucey
poète, éditeur de poètes
sur les presses de l'imprimerie
Factory B & M

Conception graphique
Dans les villes, Strasbourg

///

Dépôt légal : février 2024

///

Imprimé en Espagne

Cet ouvrage est imprimé, pour l'intérieur,
sur papier Coral Book Natural 1.2 certifié 100 % PEFC de 80 g
fabriqué par le Groupe Lecta à Saragosse (Espagne),
dont l'usine a obtenu la certification environnementale ISO 14001.